U0101365

那个苹果也很好

在巴黎学会自由

Liberté

栾颖新 著

CTS 湖南文艺出版社

图书在版编目 (CIP) 数据

那个苹果也很好：在巴黎学会自由 / 栾颖新著 . --
长沙：湖南文艺出版社，2023.3（2024.5重印）
ISBN 978-7-5726-1003-5

Ⅰ . ①那… Ⅱ . ①栾… Ⅲ . ①散文集—中国—当代
Ⅳ . ① I267

中国国家版本馆 CIP 数据核字 (2023) 第 012088 号

那个苹果也很好：在巴黎学会自由

NAGE PINGGUO YE HEN HAO：ZAI BALI XUEHUI ZIYOU

作　　者：栾颖新
出 版 人：陈新文
监　　制：谭菁菁
责任编辑：吕苗莉　李　颖
责任校对：艾　宁
策　　划：李　颖
特约策划：杜　娟
特约编辑：李　颖　黎添禹
营销编辑：汤　屹
封面设计：崔晓晋
版式设计：刘佳灿

出版发行：湖南文艺出版社
（长沙市雨花区东二环一段 508 号　邮编：410014）
网　　址：http://www.hnwy.net
印　　刷：长沙超峰印刷有限公司
经　　销：新华书店
开　　本：880 mm×1230 mm 1/32
印　　张：9.25
字　　数：150 千字
版　　次：2023 年 3 月第 1 版
印　　次：2024 年 5 月第 2 次印刷
书　　号：ISBN 978-7-5726-1003-5
定　　价：59.80 元

她又想死，又想住在巴黎。

居斯塔夫·福楼拜
《包法利夫人》

Elle souhaitait à la fois mourir
et habiter Paris.

Gustave Flaubert
Madame Bovary

目 录

Chapter 01
在母语和外语之间穿梭

Chapter 02
找到属于自己的房间

Chapter 03
建立人与人之间的联结

Chapter 04
接受自己与学会自由

推荐序：温柔之海

苏枕书

颖新来自哈尔滨，与她第一次见面，是2014年暮春，在马连道澄心堂的一场新书分享会上，我还记得她温柔沉默的样子。那时我刚到历史学专业读硕士，听说她来自北京大学的历史系世界史专业,不免为自己的“非专业”感到惭愧。2017年，她去巴黎读博，那时我即将进入漫长的延毕阶段。在豆瓣上看到她偶尔分享的巴黎求学点滴，觉得很有意思。我从未去过巴黎，也几乎未离开过东亚，但在外读书的生活总有相似之处。她在卢森堡公园被乌鸦袭击的趣事、见导师前满心的紧张、写论文过程中的迷茫与收获，都令我感到非常亲切。

2019年冬，我忽而收到她的消息，她说近来在日本旅行，刚去了青森与东京，马上要来京都。当时我即将提交博论，时间很紧，遂问她某日中午是否有空一聚，她表示同意。我请她来离我家非常近的咖啡馆茂庵，茂庵在吉田山山顶的小木楼内，可以望见京都三面环绕的群山。这家咖啡馆在海外也很有名，不过位置隐蔽，路不太容易找，我在山上散步时，经常遇到别人问路。然而颖新告诉我，自己已在抵达京都的那天去过了，我不由得佩服她的信息搜集能力与行动力。

“没关系，我只是去喝了咖啡，还没吃过茂庵的午饭呢！”她爽快地表示可以再去一趟茂庵。

就这样，我们在吉田山山脚的鸟居前顺利碰头，穿过树林，走到了茂庵门前。那年冬天似乎来得晚，山里还有一些红叶的余韵。等待座位的时候，不知怎么，我忍不住赞美了她的头发，很好看的栗色，与山里的颜色很相宜。她告诉我，是在东京时刚刚做的头发。我很意外，再次赞叹她的行动力。每个人都有与异乡深入交流的独特方式，从巴黎来到东京做头发，无疑是深具浪漫与勇气的一种。

我们坐在茂庵二楼朝西的窗口，透过树丛望见浓淡的远山，随口谈论学院生活的种种，又笑着比较巴黎与京都的傲慢究竟谁更胜一筹。我曾觉得自己比她大不少，她还是小朋友。在共同经历了博士课程的折磨之后，这种年龄上的距离感奇妙地消失了。她与我讲在青森的见闻，我尚未去过日本东北地区，因而非常向往。她说在青森一家专卖苹果的商场发现了不可思议的事，架上重点售卖的苹果大小整齐划一，色泽鲜丽，包装得非常好看。也有一些形状不太一致、略有斑点的苹果，被单独放在一边，价格要便宜很多，贴着“訳あり”（次等品）的标签。她以为品种或味道有什么不同，但所谓“次等品”的苹果却一样脆甜。

“我在东京街头和电车里，看到所有的女生都化好看的妆，打扮得非常精致，感觉自己有点格格不入，在人群里很醒目，一看就是外地游客。突然就想到了青森的苹果，在日本，大家是不是都要做那个漂亮无瑕疵的苹果？可是不那么整齐划一的苹果也一样好吃呀！”

就像许多人对巴黎有不切实际的期待一样，日本无疑也集中了诸多误解与幻想。旅行者们屡屡感叹日本的洁净、体贴、细致，而颖新却从超市的苹果分类法联想到日本社会的性别问题，我折服于她敏锐的洞察力，当即怂恿她把这些观察都写下来，以后可以变成一本书，“题目都有了，就叫‘那个苹果也很好’”。

论文之外的写作在学院里很不受欢迎，特别是对资历尚浅的学徒而言。的确，谦逊与沉默是永恒的美德。不过，关注平民生活史与女性生活史的我，经常痛感史料中“个体”，尤其是“女性个体”的声音格外幽微。很多年前，一位本专业的男学者在席上发表感想：“我那几个女研究生，就做做妇女史研究好了。妇女史嘛，正史里面的《列女传》看看，别的有什么搞头？”我很是觉得惊讶，然而这样的言论与观点，在颖新和我熟悉的小世界里，却是近乎空气的存在。颖新欣赏的作家、翻译家米原万里曾说过：“我想让那些在历史的字里行间被忽略的人复苏，想写活生生的他们。当你看到他们的行走坐卧，这些人就不再是陌生的他者。”如果我们什么声音都不留下，后来的人恐怕很难了解“活生生的我们”。书写同样可以保持谦逊与沉默，其中的意义不仅在当下，更在历史不断被遗忘和重塑的未来。我们此刻留下的文字，是对自己内心的审视，也是与过去和未来的人直接进行对话,文字不受时间与空间的限制。因此，我珍视个体的思考与记录，在茂庵看风景的那个午后，我就开始幻想这本书的样子。

午饭过后，时间尚早，决定带她去附近的金戒光明寺散步。那是我非常熟悉的地方，四季更迭的植物与周遭伽蓝寺塔带给我无数的安慰。金戒光明寺所在的山顶上有一座江户时代的文殊塔，受论文折磨的人不妨去那里求得智慧启迪。通往文殊塔的途中会经过紫云山上一片巨大的墓园，我自作主张地想，巴黎也有许多名人墓地，想必颖新不会忌讳。在塔前眺望了大半个京都,我们就下山了。她踏上旅途，即将归返巴黎；我回到研究室，在那一晚将博论打印稿送至印刷店装订制本。

很快到了2020年。回想起来，我们在这一年的交流更为频繁。也许是因为一起看过了京都的山，也许是因为这一年经历了太多未知与震撼。我们通过网络关心彼此，讨论饮食与时事，也谈起各自的研究。她专攻欧洲中世纪的制度与思想问题，经常需要判读难解的中世纪修道院档案。每当厘清一个细小的问题，便有“细碎又愉快，充满惊喜的破案感”。她迷恋一切个案研究，关心个体的历史，这种取向必然出于她对个体尊严的执着，以及彻底的平民主义精神。我们也会分享各自经历的“被抑止的女性写作”，对暗默规则的反思不仅使我们获得勇气，还生出了幽默的底气。二月里，她曾说：“好像已经不因为阴雨天难过了，也不觉得冬天难熬了。开始觉得每一件事情都值得珍惜，即使是坏天气。”正是如此。

在外部环境与内在思考的双重影响之下，这本书比我想象中更快地诞生了。撰写此书的过程中，颖新曾说，要有意识地将自己的想法传达出去，要有敢于直接表达的勇气，同时要学会用简单易懂的词，不用佶屈聱牙的表述创造理解的壁垒。在这本书里，可以看到她以极真挚的热情分享自己的日常生活，买菜、插花、做好吃的食物、与形形色色的人往来；学习不同的语言，在珍本阅览室内破解古老的文献；探索自然的规律与秩序，思考生活中某个词的来龙去脉。她对学问与异乡满怀求索的渴望，但从未盲信任何权威，也不屈从于任何“规矩”，始终保持知识女性的谦虚、独立与尊严，以及可贵的诙谐。需要强调的是，书题虽着重标出“巴黎”，但探讨范围远远超出了这座城市，除“我为何在巴黎”“巴黎留学生涯”之外，更有“我在巴黎回望往昔”“我从巴黎去往何处”。

过去这几年，我们都经历了隔绝中的恐惧与焦灼，尝到了更多孤独的滋味，也一次次更新对于荒诞的认知。幸好自然、饮食、书籍仍然给我们莫大的慰藉，遥远的人与人的联结，也显得格外重要。虽然面临种种不安，但也有回归寂静、审视内心、与自己相处的机会，由此通往更深邃的时空。我很庆幸颖新写下了属于她的巴黎，书中有一句很动人的话：“我虽然是一座孤岛，却被巴黎这片巨大而温暖的海洋承托着。”这本书是巴黎给她的馈赠，是她回报给大海的珍珠，是她与巴黎独一无二的约定。

2021 年初春，读到一篇日本学者撰写的西洋史论文，重点讨论二十世纪三十年代法国某一女性团体。她们因共同信仰走到一起，在边远山村从事教育工作，践行信仰与工作的结合，彼此结下深厚的友谊。与颖新谈起来，她告诉我，那个团体可译作“大卫黛（Davidée）天主教女性教师团体”，曾受到法国二十世纪三十年代知识分子埃马纽埃尔·穆尼埃（Emmanuel Mounier）的支持。奇妙的是，她在本科论文中就曾讨论过埃马纽埃尔·穆尼埃。我很欣赏这样的团体，它建立在信赖、互助、奉献的基础上。当中的人无论身处怎样的荒僻之所，都有办法寻找到承托自己的海洋。而这本书里，正蕴藏着一片温柔之海。

这片海的呈现，比想象中要多些波折，我们又一次尝到了等待的滋味。不过，也因此多了反复打磨的机会。非常期待这本书的面世，也很荣幸，见证了这一程文字之旅。

2021 年 4 月 20 日初稿

2022 年 10 月 11 日定稿

自序

巴黎似乎已经不完全是一个地理概念了。说起巴黎，人们或许会联想到一连串文学作品和曾在巴黎生活过的作家的名字。那么多人写过巴黎，巴尔扎克、雨果、波德莱尔、海明威、本雅明、佩雷克……我在还没学法语时就开始看关于巴黎的书，通过前人的叙述想象巴黎是怎么回事，试图根据那些文本建构出巴黎的形象。我想在到巴黎之前尽可能地了解这座城市，可书里提到的地名、街名对我而言没有任何实感。看关于巴黎的电影也是一样，看来看去也只是看到了一种气氛。虽说如此，但这种书和电影我没少看。在我到巴黎之前，巴黎于我而言只是一团模糊的想象。

库索生活在京都，她说京都是一种喻义。我很喜欢这种说法，巴黎似乎也是一种喻义。毕竟这世界提起名字就能引发诸多联想的城市并不多。而巴黎外面还有一层更大的壳，那个壳就是抽象意义上的法国。一切以“法式”冠名的东西都显得洋气、高级，比如法式吐司。我到了法国以后才知道：正如在哈尔滨没有人提“哈尔滨烤冷面”，在巴黎也没人说“法式吐司”。那个被人们称作“法式吐司”的东西确实存在，它在法国被叫作 pain perdu，字面意思是“废弃的面包”。面包当天不吃完，第二天会变硬。为了挽救硬面包，人们把它浸在牛奶和蛋液里，用黄油煎。法式吐司是对变硬了的面包的拯救。

这又涉及另一个刻板印象。有人曾以关切的语气问我：“你在法国吃面包还吃得习惯吗？”对方的潜台词是法棍面包很硬。是的，确实流传着法棍面包硬得可以当打人凶器的都市传说。而实际上新鲜出炉的法棍当天吃是不硬的，外壳松脆，内里柔软，充满气孔，散发着小麦的香气。

文学作品和想象共同构成了刻板印象，在亲眼看过之前，那些刻板印象一直存在、一直起作用。想起日语里的“巴黎综合征”，指的是在没有去过巴黎时对巴黎充满美好的想象，到了巴黎之后发现巴黎不是自己想象中的样子，进而陷入失望和难过情绪的状态。为了避免这种综合征，我觉得最好的办法是了解真实的、当下的巴黎是什么样。

刻板印象也有功能，我通过前人书写巴黎的作品认识了巴黎的一部分，可是今日的巴黎已经不同于几百年以前的巴黎。如果还需要刻板印象，那么也需要换点新的。如果沉浸在过去的描写中，以过去的描写为滤镜去观察当下的巴黎，去了巴黎也是白去一趟，因为文学滤镜会遮蔽当下。

法国作家埃里克·阿藏（Eric Hazan）在2021年春天出版了一本新书，他捍卫当下的巴黎。总有人抱怨巴黎不好了，巴黎不是以前的那个巴黎了，一副光辉时日不再的遗憾心情。埃里克·阿藏觉得这没什么，他说："是啊，巴黎在变化，而且幸好巴黎在变化，它一直在变，就像一个有生命的有机体一样，巴黎从未停止变化。"我同意，所以我想写现在的巴黎，想写我在巴黎的经历。

我在句子里用很多"我"。中文行文往往避免用太多的"我"，显得自我意识过剩，又累赘，很多句子往往没有主语。而我喜欢用"我"，是强调我写下的这些东西就是我个人的经验，是我的，不是别人的。不同的人在同一城市的经历往往是不同的，况且这座城市还不小，不同的街区还有着不同的气氛和风格。

写与一座其气氛超过其本身的城市有关的生活经历，是冒险的。曾经的文学作品和想象共同创造出巴黎的气氛。人们说巴黎是时尚之都，我却一点都不时髦。我在巴黎的生活经历未必与巴黎的气氛吻合。已经有那么多人写过巴黎了，现在的人还是可以继续写，因为巴黎在变化，时代不一样，而且每个人的感受都是不同的。我到了巴黎以后，一下子对前人写过的有关巴黎的叙述提不起兴趣了。我丝毫不好奇海明威在巴黎具体过的是什么日子，因为我要过我自己的日子。

按行政区划来算，巴黎有20个区。区的名字是数字，比如五区、六区、七区等。在地图上，“区”（arrondissement）的划分像蜗牛壳一般，从中心向外数字逐渐增大。日常生活中，更常用的概念不是行政意义上的区，而是街区（quartier）。街区的范围非常主观，居住其中的人以自己的活动范围来划分街区。街区没有明确的界限，在历史的过程中慢慢形成，约定俗成。旅游指南里常常出现的“玛莱区”（Marais，也有人翻译成“玛黑区”）就是一个街区。

埃里克·阿藏住在巴黎的美丽城（Belleville）。他在《巴黎的嘈杂混乱》（*La tumulte de Paris*）中写巴黎人对街区的定义，他说他认识一些住在圣莫尔街（rue Saint-Maur）的人会说自己住在美丽城街区。住在美丽城街区中心处的埃里克·阿藏显然不觉得住在一公里以外的圣莫尔街的人也可以说自己住在美丽城。不过，他说得十分客气：“就好像街区的名字是跟气氛联系在一起的，而不是跟地理范围联系在一起的。”

在生活中，街区的概念类似于地盘，人们在说起自己的街区时有种“这是我的地盘”的感觉。有一年跨年夜，罗丹博物馆在院子里放烟花，我跟朋友一起去看。参加的人很多，为了方便管理，要提前30分钟排队入场。队伍很长，很快超过了入口所在的那条街的长度，折到另一条大路上。我跟朋友跟着队伍移动，大家都有耐心。我跟朋友排到了两条街的折角处，从马路的那边刚过了斑马线的两位奶奶忽然站在我前面。我马上跟她们说要排队。奶奶们一脸惊讶，没有想到她们精心挑选的两位看起来不会说法语的外国女生居然会说法语。她们失算了。

其中一个奶奶理直气壮地说："我们住在这个街区。"

我回她："我们也是！"

按照巴黎人的街区概念，罗丹博物馆并不在我住的那个街区，从我的住处到罗丹博物馆有一公里。两位奶奶没有想到我会这样回答，她们跟我和我的朋友商量："要不我们站在你们后面？"我回头问一直站在我和朋友后面的情侣："你们同意吗？"这对情侣当然不同意。两位奶奶无奈地走向队尾。

日常生活中人们往往在自己的街区里活动，正如美剧《艾米丽在巴黎》的台词："巴黎其实很小的，小得像个小村庄似的。"我在自己的街区里买菜、买面包、买甜点、买各种东西，同时光顾街区里的干洗店、厨具店、修鞋店、裁缝店、玩具店、花店、书店、咖啡馆、餐厅和健身房……甚至连全科医生和牙医都找的是附近的。

到巴黎以后，大概花了一年时间，我找到了在我的街区生活的节奏。各种需求都知道该去何处、找何人满足，出了麻烦也知道该去何处、找何人解决，生活迈上轨道，逐渐轻松自在起来。我成了一些店的熟客，被店员记得。旅行一趟回来以后，被面包店的店员问："最近还好吗？有一段时间没有见到您了。"在超市收银台与附近餐厅的服务生偶遇，会互相打招呼。认识了常去的咖啡馆的老板。曾被牙医问："上周末我在某某街好像看到了你和你的朋友，是你吗？"确实是我。在我的街区里，人人好像都互相认识。我也想加入这个圈子，成为认识其他人也被其他人认识的人，在生活的同时要把自己编织进街区的网里。

两年过去了，我终于觉得自己在街区的网里了，却不得不在第三年搬家。到了另一个街区，又不得不从零开始重新把自己塞到街区的网络里。搬家以后所在的街区跟以前的街区风格不一样，这种不同也体现在人际交往的风格上，需要重新适应。我试着观察其他人如何对话，想总结出一些可操作的规律。

搬家以后没多久，法国开始了第一轮封禁，店铺纷纷关闭，市场也被取消，在那个春天，我几乎没有感受这个新街区风格的机会。夏天解封以后，我开始探索新街区。这个过程仿佛一场大冒险，我认识了很多有趣的人，找到一些好的店，生活慢慢平稳起来。不过曾经的街区的很多店我依然很喜欢，时不时回到那个街区。在巴黎，我有两张生活的网。

文学里的巴黎有一个超越街区的概念——“左岸”。日常生活中我几乎没听人说过左岸。塞纳河横穿巴黎，流向从东到西，以河水的流动方向为参照，假设自己坐在水流上，河流南侧是左手边，是左岸；河流北侧是右手边，是右岸。

我一度以为左岸指塞纳河南侧所有地区，看了埃里克·阿藏的定义，明白了所谓“左岸”其实很小，并不是塞纳河南侧都算“左岸”。根据他的定义，“左岸”是一个长方形的格子，东西向是在巴黎植物园和巴克街（rue du Bac）之间，南北向是在河岸和当费尔·罗什洛广场（place Denfert-Rochereau）之间。埃里克·阿藏说这个范围是历史上的左岸的范围，说的是拉丁区、圣日耳曼德佩到蒙巴纳斯这一片。按照这种划分标准，我在巴黎一直住在左岸。我虚荣，一定要有好看的地址，找住处总是希望住在跟电影里的巴黎一样的地方。

现在的左岸已经不同于萨特、波伏娃那个年代的左岸，圣日耳曼德佩房租大幅上涨，成了巴黎最贵的地方之一。萨特曾经的公寓在雷恩街（Rue de Rennes），他走上几步就能到花神咖啡馆，是那里的常客也很合理。现在花神咖啡馆和双叟咖啡馆价格飞涨，服务生摆着冷脸。我从没进过这两家咖啡馆。如果现在来巴黎找曾经的左岸，恐怕要失望。埃里克·阿藏说：以前的左岸是作家、编辑、知识分子们住的地方，是文艺的中心。他感叹现在左岸几乎无事发生，像死气沉沉的货架似的，到处都是卖衣服的店。正因如此，我住在左岸，也没有感受到以前的人写的左岸气氛。毕竟巴黎一直在变化。

我对那些写过巴黎的作家心怀感激，正是通过前人的书写，产生了对巴黎的向往。哈尔滨人喜欢说哈尔滨是东方小巴黎，高中语文老师讽刺："真正的好城市不需要标榜自己是别的地方，巴黎什么时候说自己是西方大哈尔滨了？！"后来，我学了法语，从东方小巴黎到巴黎。想摆脱前人的巴黎滤镜，用自己的眼睛看巴黎，亲自经历，看看在这里有什么事能发生在我身上。

可是文学的巴黎无处不在，难以摆脱。建筑上有小牌，上面写着某某作家某年到某年住在这栋楼里。牌子规格各异，材质各异，不知是什么机构制作的。我能否自己搞一个牌子，写上自己的名字，说自己正住在这栋楼里？仿佛一种行为艺术。

法国作家罗杰·格勒尼埃（Roger Grenier）住在巴克街，离我刚到巴黎时住的地方不远。他细数巴克街的文学史：大仲马的《三个火枪手》里有人住巴克街1号，另一端是勒蓬玛榭百货公司（Le Bon Marché），左拉以这个百货公司的历史为灵感写了《妇女乐园》（*Au Bonheur des Dames*），波德莱尔小时候住在巴克街，马尔罗、斯塔尔夫人、罗曼·加里、夏多布里昂等都住过巴克街。我常去巴克街,不是因为文学,而是因为甜点，巴克街有很多家点心店。与巴克街垂直的是瓦海纳街(rue de Varenne),《纯真年代》的作者伊迪斯·华顿在巴黎生活时就住在这里。我常去瓦海纳街,去买咖啡豆。

后来我搬了家，离开了巴克街和瓦海纳街所处的六区、七区交界处，搬到五区。2020 年春季第一轮封禁期间每天可以出门一小时，在离家一公里以内的区域内活动，我几乎把住处附近的小街走遍了。看到建筑上的牌子,海明威、佩雷克、乔伊斯和克劳德·西蒙曾住在附近。难以摆脱文学的巴黎。

埃里克·阿藏提出了“巴黎作家”的概念，他说的不是住在巴黎的作家，而是以巴黎为灵感进行创作的作家。他觉得 19 世纪以前不存在巴黎作家，因为 1800 年以前人们还没有以城市为主题写作。19 世纪巴黎作家的三个代表是巴尔扎克、波德莱尔和雨果。他认为巴黎作家是喜欢在巴黎散步的人，最好是独自走在巴黎的路上，因此普鲁斯特这种整天待在家里的人就算不上巴黎作家。巴黎作家未必需要出生在巴黎，不是土生土长的巴黎人也没有关系，本雅明是德国人,也算得上巴黎作家。伊迪斯·华顿是美国人,也算。

在法国人内部，人们会纠结巴黎人和外省人的身份。土生土长的巴黎人认为没有出生在巴黎、只是住在巴黎的人算不上巴黎人。写过《巴黎女人的时尚经》的法国名模伊娜·德拉弗拉桑热（Inès de la Fressange）不在巴黎出生，但在巴黎成名，此后向全世界推广巴黎的时尚风格。我的法语外教谈起她时不屑地说："她都不是巴黎人，还装巴黎人的口音说话，我自己是巴黎人，我都不那样说话。"

罗杰·格勒尼埃出生在诺曼底卡昂（Caen），后来住在巴黎巴克街。他为自己辩护："我觉得真正的巴黎人是那些在别处出生的人，对他们来说，住在巴黎如同打了一场胜仗。"他认定自己是巴黎人："外省人讨厌我们。"

在巴黎，我是外国人，自然无须纠结自己是巴黎人还是外省人，也无意把自己放进"巴黎作家"的分类里。我想记录在这座城市经历的有意思的、让我印象深刻的事，记录陌生人之间的善意。这座城市给我自由和包容。在这里，我面前的时间、我前方的人生完全属于我，走在路上有一种要去干一番大事的昂扬感。情绪低落时，巴黎也承托着我。在这里不高兴被允许，不高兴也很自然。

2021 年 6 月

巴黎

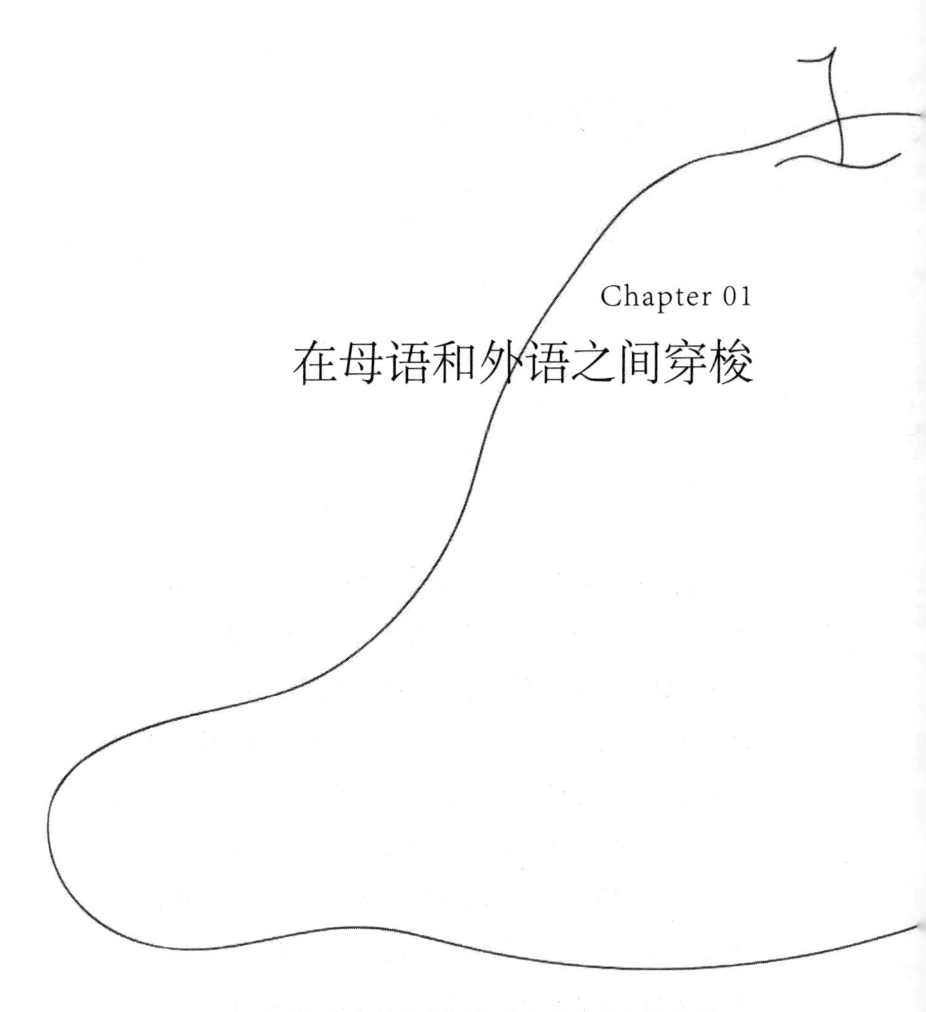

Chapter 01

在母语和外语之间穿梭

我并不相信在某地生活就能自动学会某地的语言，
学习语言需要付出很多努力，
我觉得赫塔·米勒说的“倾听”就是努力的一种。

语言之海的漩涡

我来巴黎前已经学了法语，从来没有经历过语言不通的懵懂状态，反而羡慕不会法语就到了巴黎的人。很多东西听不懂，日子反而好过一些吧。刚到巴黎时说着一口奇怪的法语，还不自觉。之前在一个有着深厚文学传统的法语系上课，教材里尽是文学作品节选，打下了牢固的基础，语法学得系统且全面，反而很多日常生活中的场面不知如何应对。在巴黎的第一顿饭是在先贤祠附近的一家餐厅吃的，那时我连结账要喊“l'addition（结账）”都不知道，只会机械地说“Je voudrais payer, s'il vous plaît（我想付钱）”。

渐渐地，很多日常的表达在重塑，在路上、在商店、在地铁里……在各种地方听到的句子都进入大脑。学习这些表达，然后说出来。不过，让我下决心再造自己的法语的决定性时刻在食堂。当时有两种主菜可选，我已经不记得其中一种是鸡腿还是牛排，另一种却历历在目，是意大利肉酱面。打菜的阿姨问了我一句话，我没有听懂，却莫名其妙地脱口而出："好的。"阿姨开始打肉酱面。我特别难过，因为想吃的是另一种，于是跟阿姨解释。阿姨说："可是刚才问你要不要肉酱面的时候，你说了要啊。"这才明白：原来阿姨刚才说的是 bolognaise（博洛尼亚肉酱面），这个词没学过。没有办法，只能接过餐盘。越吃越觉得委屈，脑子里想的全都是现在已经记不清的那个要么是鸡腿要么是牛排的东西，面前却是一盘肉酱面。又难过又委屈，吃到一半决定放弃，从食堂出来奔去书店，买了两本口语书，从入门级那本开始看。这一刻彻底承认自己之前学的是假法语，出国前就已经考下法语深入学习文凭的 C2 级别（DALF C2），可是居然连想吃的东西都点不到，那一定是自己有非常大的问题。

抱着这种信念看完了那两本口语书，努力背各种与食物有关的单词。幸好曾经打下一些底子，刚到法国时曾花很多小时在超市里，一排排看货架上的东西的说法，记住不少。再加上这两本书，生活方面的法语水平提高了很多，在传统市场也能充满自信地买到想要的食物，学着本地人的样子跟摊主交流。让海鲜摊位的师傅帮忙给鱼去皮，买大面包时要求店员帮忙切成薄片，买烤鸡时挑剔地说："给我来半只大的，要火大一点的。"我对吃这件事很执着，掌握了与食物相关的词汇以后，生活愉快了很多。我还去探索街区里的各种店铺，跟常去的面包店、餐馆、咖啡店、书店、蔬果店、厨具店、干洗店、裁缝店和修鞋店的人们建立联系。日常生活变得顺利起来，很愉快。

不过当年学的重视语法的老式法语也有过它的高光时刻。在拉丁文课上，老师讲"这个时态翻译成法语应该用虚拟语气过去时"，他问："这个词变成虚拟语气过去时你们会吗？"同学们表示不会。老师说："好的，那我来告诉你们，是……"我已经不记得是哪个词，可是老师说出的变位错了。不知道平时除了回答问题很少主动发言的我那天是怎么了，居然直接跟老师说："您说的那个变位不对，应该是……"场面一时尴尬，班上唯一的外国人指出了老师的错误，众人笑成一团。老师马上改口，重复了那个正确的变位。我那时甚至有些怕，担心老师会不会因此讨厌我。后来事实证明完全没有，大概在法国并不存在"老师的面子"这回事吧。

学法语的另一种动力来自日常的批评。法国人喜欢纠错，任何一个小错误都没法容忍，哪怕是一个不影响理解整体意思的介词。这几乎是一种条件反射，遇到了错误，马上要重复一遍正确的说法，或许并不是有意要打断对方，也绝无恶意。法国人对外国人说的法语不那么宽容，不会觉得互相大概能交流就可以了。我说错时，大部分情况下对方都会马上纠正我。美剧《艾米丽在巴黎》中女主角艾米丽去面包店买巧克力面包的时候说 une pain au chocolat（一个巧克力面包），她把巧克力面包的词性搞错了，因此用错了冠词，巧克力面包这个词是阳性的（masculin），不是阴性的（féminin），店员听懂了她要什么，一边递给她巧克力面包一边纠正她说："Un pain au chocolat, pas une.（一个巧克力面包的冠词应该用 un，而不是 une。）"

这部美剧在法国风评一般，一些法国网友认为这部剧里出现了过多关于法国人的刻板印象，最开始播出时我并没有看。某天心血来潮决定看一集，第一集就出现了上述情节。取景的面包店我去过，而且我也在那家店被纠正过。当时我要买鸡肉三明治，正确说法是 sandwich au poulet，而我说了 sandwich du poulet，用错了介词。《艾米丽在巴黎》的编剧或许有过类似体验。

法语里的名词有两种词性，即阴性和阳性，但是这种"性"不是性别的"性"，而是语法意义上的"性"。很多在中文中不分性别的名词，在法语中却有着"性别"，这也是学法语过程中的一个难点，每一个词的词性都需要背下来。在眼镜店挑选眼镜，我说"我就要这个了"，错误地用了 celui-ci（阳性单数），店员纠正我，是 celles-ci（阴性复数）。被牙医问："你最近还好吗，牙齿还疼吗？"我回答"aucun douleur（一点都不疼了）”，牙医很客气，还是纠正我：“C’est trop bien. Aucune douleur.（真是太好了，一点都不疼了）。”她用一句“真是太好了”来缓和语气，但还是会纠正我。在市场买葱，摊主问我要多少，我说：“一根。”但是我搞错了葱的阴阳性，我说了 une（阴性），摊主马上纠正我：“Un poireau（阳性）。”我立即改口。排在我后面的奶奶轻轻笑了。这些毫无恶意的纠正让我产生巨大的羞愧感：明明已经学了那么多年法语，为什么日常的东西还说不好？被纠正过的错误我都记住了，没有再犯。这样说来，羞愧感很有用。

虽然一直在努力，法语也一直在进步，但还是时常沮丧，毕竟与法语母语者的水平有着一道鸿沟。我开始羡慕不必使用语言的职业。我喜欢的芭蕾舞女演员前几年从北京去了赫尔辛基，Stockmann（斯托克曼）商场外墙上挂着的大大的《睡美人》海报上面有她。住处附近有一家日本点心店，店名就是甜点师本人的名字，2019 年他的团队拿了一个专业甜点比赛的第一名。不需要语言就能把自己的能力传达出来的职业，有一套超越语言的语言。我羡慕可以满世界走的数学家和音乐家。这样的职业可以通过视觉、味觉、符号等把自己想表达的东西传达出去，可以跨过语言。

我所做的事情，一切都基于语言：大部分材料的载体是语言，少量是数字和图像，把这些东西整理好，开始写作，还是语言。刚到法国时觉得自己变笨了，脑子里有一个老式开关，扳来扳去，咔嗒咔嗒。从法语模式切换到中文模式，扳一下开关，咔嗒；调回法语模式，又扳一下，咔嗒。时常调这个开关，最后的结果是：为了让自己掉电掉得慢一点，说话时只说确定不出错的、熟练掌握的词，也就是一些简单的东西，大部分是名词和动词，很少用形容词。长此以往，中文也开始变差。某日与朋友散步，看到了一棵树落了一半的叶子，残存的叶子是金黄色的，很好看，只是说出了一句："哇，你看那个树！"词汇变得匮乏，反应也开始变慢。

写作比说话更复杂。很难体会到外语里的文风。自己写的东西是东拼西凑式的：在这本书里看到的一个表达，在那本书里看到的一个句式……输出的东西基于输入的东西，对我而言输入的来源多种多样：地铁站里的海报、广播节目、走在路上飘进耳朵的他人对话、文学作品以及学术书。我不知道自己写出的东西在法语母语者眼中是怎样的。之前写研究计划，那阵子在翻译一个法国学者的书，于是所有的表达都来自他。不知道这份研究计划会不会让人觉得是一个老头写的。

一切都基于语言，一切的呈现形式也都是语言，于是我变得对语言越发注意，怕出错，也怕让人觉得自己不礼貌，更怕那句典型的法国人的吐槽，"这个人没有教养"。为了避免被当面纠正的尴尬时刻，想努力学好这门语言，想尽量不出错。这世界好像是由名词组成的，之前课本里学过的名词无法与当下的生活对接，那一套词汇仿佛是一张有洞的渔网，只能不断地修补下去。我留意一切可能用到的词和表达。地铁车厢里那个可以放下又可以弹起来的座椅，叫strapontin。平面上的、传送带一样的、让人走得更快的那种东西叫 tapis roulant。而类似方式运动的电梯扶手叫 main courante。彻底归还一本书，第二天不再借阅[1]，是retour définitif。

赫塔·米勒描述自己学罗马尼亚语的经历时写道："如果某个地方充斥着你不懂的语言，你就要和它一道去倾听。日子久了，你在这里生活的时光就为你学会了语言，这和大脑没什么关系。我一直以为，人们对词语的倾听不够重视。倾听是在为说话做准备，时候一到，话语会自动从嘴里涌出来。"我学法语的过程与之相似，但似乎又没有她形容的那么轻松。在巴黎的生活确实教会了我很多东西，可是成年人学习外语的过程与小孩完全不同，不那么自然，也不那么容易。我并不相信在某地生活就能自动学会某地的语言，学习语言需要付出很多努力。我觉得赫塔·米勒说的"倾听"就是努力的一种。

可有时候还是会怀疑这样的努力到底有什么用呢。巴

1 法国国家图书馆的书只能在馆内阅览，不能借回家看。如果调出书的当天就看完了，就彻底还回。如果当天没看完，十天之内还想阅读，馆员可以将书保留。

黎歌剧院服装部负责人在接受采访时说："法国至今为止都还是一个视觉社会。"当然，她的上下文是说人们盛装到歌剧院，在开场之前站在台阶上，既观看别人，也被别人观看。但"视觉社会"的感觉好像并没有错，因为这张脸，会遇到坚持说英语的店员，明明我的每一句回答都是法语，对方还是会一直跟我说英语。

疫情期间去商场买东西，我看中了一个瓷制带盖小盅，理论上是在烤箱里用的，但是它的尺寸又比一般的烤箱用小盅大一些，我决定问问店员它到底适用哪些热源，店员爽朗地跟我说："一切热源都可以用，可以放在明火上。"我放了心，拿着小盅去结账。结账时，她突然开始用英语跟我说："这是最后一个了，您真幸运。"明明之前的对话都是用法语进行的。我跟她强调我会说法语，她很不好意思，马上跟我道歉，又说："因为脸……"她刚说出这个词就意识到自己说错了话，马上改成："因为口罩……"其实是一样的吧。

我似乎长着一张不会说法语的脸。认识的一个法国大爷在学日语，曾去日本旅行很多次，他懊恼地说起他的经历："每次去日本我都想好好练练我学过的日语，可是别人一直跟我说英语，真的是没办法。"我说："我在法国一直经历这样的事情，是因为脸吧。"他露出一脸吃惊的表情，好像又觉得我说得对，最后又嘀咕了一句："可是你法语说得很好啊……"

东北话人格与法语人格

前一阵读了那本大热的《我是个妈妈，我需要铂金包》，感触最深的居然是作者说她经常在纽约上东区街上被人撞。她说那些傲气十足的女人像看不见她一样，不肯改变自己走路的路线，直直过来撞她，有时还会特地用背着的包撞她。那些人总以一种盛气凌人的气势想逼她让开。这让我想起我的经历，之前住在一座百货商场附近，周围尽是穿着打扮精致的人，那个街区还住着很多老人——那些被很多美国作者盛赞为“典型的巴黎女人”的人，出门买一根面包也要化妆、吹头发、穿高跟鞋的奶奶。有一段时间莫名其妙总是碰见一些怪事，比如在超市被人插队，在邮局被人插队，在药妆店被人插队，在百货公司服务台被插队，在无印良品被人插队，在路上被身高一米九的男人撞……于是忍不住跟人理论，最终往往发展成吵架，甚至差点动手。有时候我赢了，有时候也不行。

在超市被插队很多次，其中一次让我印象深刻。一个驼背的奶奶拖着购物车来了，我当时在队尾，她直接站到了我的右前方斜角 45 度的位置，我跟她说："您需要排队。"她忽然很生气，说她本来就是在我前面的，并没有插队。队伍里前面的人也回过头来帮腔，说："这位女士本来就是在你前面的，她刚才就在这儿的。"我当时也很生气，回答说："您背后没有眼睛，您不可能看见的，请不要什么都胡说。"对方不说话了。

可奶奶还是固执地要插到我前面，我不肯。僵持几个回合，她非说是我不好，还说："我就原谅你了。"这句话激怒了我，我说："什么叫你原谅我了？明明是你插队。我先来的，你不服的话我们就去看监控！"奶奶恼羞成怒，朝我冲过来，一边大喊一边要伸手抓我的头发，但是她本身就很矮，年纪大了又驼背，伸开双手也够不到我的头发。我那天还穿了跟高 5 厘米的靴子。于是忍不住笑场了。

现在想想那个场面大概有点像是生气的小熊猫，传说中小熊猫遇到敌人时会张开双臂向上举，为了显得比平时的身形更大，以震慑对方。小熊猫做这个动作当然十分可爱，奶奶做这个动作就很可怕。之后来了两个保安，一个人让我去结账，另一个人按住了那个奶奶。结账时收银员还说我做得对。唉，可是吵架过程中没有任何一个人在旁边替我说话。不过我赢了！因为让我先结账了。

还有一次在邮局被插队。一个人拿着一个大信封过来。我当时已经排到了队伍的最前面，下一个就轮到我了。这个人直接冲到了我前面，我拦住了她，她却说："我只是寄一下这个。"我说："不行，您需要排队。"她又说："我只是寄一下这个。"我说："您的时间很宝贵，我的也是。"对方继续说："我只是寄一下这个。"实在没办法，我回过头去问队伍里的其他人："你们同意她插队吗？"自然没人同意，她就走了。

那次在药妆店也是，马上就要轮到我去结账了，一个男人直接冲到了我前面。我说："您干什么去？需要排队。"那人回："我去找个人。"我说："前面都是收银员，您找谁？"收银员都笑了。他自觉狼狈，居然开始跟我说英语，用蹩脚的法式英语重复刚才的话。我觉得特别没意思，就一直喊："要排队！要排队！"

在百货公司服务台那次，跟朋友一起办事。下一个就是我们了，一个打扮得十分精致的女士直接冲到了我们前面。我马上大喊："女士，您需要排队！"那位女士都没有回头，直接跑了。我朋友说："你这样喊，她一定很尴尬的。你应该提醒她说：'劳驾，我在这儿呢。'"可是，我确实在这儿呢。我这么一个以前经常被别人说胖的人，又不矮，怎么样都能在视觉上占一定的面积吧，可是为什么这些人看不见我呢？或者说，为什么他们看见了我呢？因为他们选择了到我这里插队，而不是别人那里，正说明他们看到了我。可是为什么他们就敢直接到我前面插队呢？是因为觉得我不存在吗？或者说，觉得我在“声音上”不存在吗？大概觉得我是游客，不会说法语，即使被插队，也不会说什么吧，软柿子就捏一下好啦。

我一度想：我是长着一张不会说法语的脸吗？我难道需要出门时打印一份法语证书贴在胸前吗？进小店时，往往我刚进门，店员神情就紧张起来，似乎不知要如何对待我。我的解决方法就是推门的同时中气十足地喊一声：“Bonjour, Madame/Monsieur（您好，女士 / 先生）！”一定要喊得快，不要犹豫，在店员产生紧张神情之前就让对方知道我会说法语。一定要加上“Madame/Monsieur（女士 / 先生）”是因为加称谓显得更礼貌。唉，逛商店也没法神经松懈。

在无印良品被人插队那次是跟朋友一起。两个奶奶直接冲到我们前面，我们都在喊“要排队”，两个奶奶装听不见，店员也装听不见，店员开始扫码。可她们应该不是聋子啊，毕竟她们有跟店员说话。她们结账以后提着纸袋走了，我跟店员理论：“您没有看见她们插队了吗？”店员说：“您说得有道理。”我说：“可是您为什么给她们结账呢？”店员开始装哑巴。后来我们也付好钱出门了，那两个奶奶还没有走远。

于是冲过去跟两个奶奶理论，奶奶们生气了，跟我们互骂。那是在一个教堂广场旁边，路人斜眼在看。已经退休了的老人，理论上没什么急事要办吧，为什么非要插队呢？为什么我说了不要插队以后根本没有反应呢？那时候也怀疑自己的声音是不是没有办法传达出去，是在空中就消失了吗？我既是一个没人能看见的人，又是一个没人能听见的人啊。

在街上被撞那次是刚从院子里出来，推开大门往左拐。迎面过来两个人，狭窄的人行道，我必须躲一下才能不撞到别人。我躲了其中一个人，没有想到另一个人并没有让我，而是直直朝我撞过来。很疼。我回头朝他喊："Tu es aveugle, non?（你瞎吗？）"这句话完全是中文东北话的逻辑，我很生气，反应不过来用法语该怎么骂回去。对方没有回头，也没有回答，大概听不懂这是什么骂人法。那些在路上走路却完全不懂得人行道公共性的人，是机器人吗？只能按固定的路线行驶吗？因为这次经历，我明白了那段时间为什么总是在用法语跟人吵架。

我忽然明白了这么多年学的法语是一种教材里的法语，那教材又古板又礼貌，学各种复杂到法国人都不怎么用的时态，学各种客气的说法，总之是要礼貌，要客气，要高级。这个风格其实跟我本身的性格不符，我却没有意识到，在日常生活中就用着这套教材提供给我的表达来说话。虽说也学了不少新词、新表达，但整体还是在那本教材的框架里，一度只会说客气的话。

到了法国以后又上另一门课，老师吐槽说："有一种法语叫巴黎六区的法语，就是所有能连读、连诵的地方都要连，可连可不连的都要连。虽然拿腔捏调，但如果外国人能说这样的法语，会获得尊重。"于是我开始拼命咬牙说"J'ai beaucoup aimé（我非常喜欢）"和"à vous aussi（您也是）"这样的句子，努力连连连。我太着急显示自己有文化了，生怕别人觉得我不会说法语。

还有一个老师说过，打招呼时不加称谓 Madame/Monsieur（女士 / 先生），会显得不礼貌。于是也很注意这一点，一定加称谓。有一次在咖啡豆店，第一次见的男店员每一句回答我的话末尾都要加一个 Madame（女士），语气好怪。后来反应过来了，他是在嘲讽我的腔调。我那时并不知道一直加称谓的说法显得老气，一般老人才这么说话。我住的街区有很多老人，买东西时、在路上随时随地听到他们说话，我记住，然后模仿。比如有一次买东西，店员问一个奶奶要不要纸袋，她回答："Volontiers！（我很乐意！）"多生动，比一个简单的 oui（是的）有意思多了。简而言之，那时其实学了各种浮夸的表达，有人问我能不能坐在我旁边，我都要说："Avec plaisir, je vous en prie.（乐意至极，请您坐。）"真的是太浮夸了，简直是语言领域的通货膨胀，所有词都丧失它本来的意思了。

跟人吵架让我认识到了：我的性格不是这样的，我没有那么客气。我生气的时候要表达生气，不高兴的时候要表达不高兴。我怎么能一直那么客气？我忽然发现我被这门语言限制住了。我好像不会说别的词了，不会说狠话，不会用法语生气，不会用法语不高兴。而那些跟人吵架的过程好像是在打破一个看不见的壳子，我要挣脱出那个只有客气表达的壳子，我要用法语表达我自己的想法，我要去生气，我要去不高兴。在那些吵架的过程中，我发现我的法语人格和我的东北话人格统一了，终于统一了。之前那个只会客气的法语人格不见了。我好像终于能自由地表达自己了。这是我最近才想明白的。当时不明白，只觉得为什么总碰到一些讨厌鬼，为什么穿着打扮那么得体的人们会说出那样粗暴的话、直接插队、那么不要脸，为什么他们看不见我呢？我每一刻都想大喊："喂，我在这儿呢！"

又想起一个现象：一些男性在说中文的时候往往颐指气使、优越感很强，好像随时都要教育我，觉得自己很厉害，趾高气扬，滔滔不绝；说法语时音量一下子变小了，也不说几个词，声音在喉咙里咕哝咕哝。看来他们的中文人格和法语人格是分开的吧。我呢，虽然之前一段时间说法语只会客气话，可是我说法语跟说东北话一样大声。

希望使用一门语言的过程能通向自由。我想用语言表达自己，而不是被它束缚。虽然难免是要被束缚的，这些束缚也正是语言本身的特点所在，不过还是想表达自己。夏天莫名想用法语写东西，偶然散步过了河，鬼使神差进了百货公司文具部，买了一个写起来感觉很舒服的本子。那纸张真的很神奇，一旦开始写，就忍不住一直写下去。于是我终于开始用法语写东西了。不是写论文，论文已经写了很久了，从来没有怀疑过自己不能用法语写论文，很自然地就开始用法语写论文。虽然我的学校也允许用英语写论文，但我是来研究法国历史的，出于对法国文化的尊敬，必须用法语写。这个选择很自然。可我却迟迟不敢用法语写别的东西，用法语写别的东西仿佛不具备合法性。

有一次听一个用法语写作的日本作家的讲座，散场以后去排队等签名，我后面的一个法国爷爷突然跟我搭话，他会讲日语，于是聊了很多。后来他说："我们去喝一杯吧，跟我讲讲您的人生！"那一句"Racontez-moi votre vie!（跟我讲讲您的人生！）"一直留在我心里。语言多么神奇，听到的句子会留在心里。像是回答这个问题，我开始用法语写自己的事情了。从学法语开始到现在，已经过去近十年了。我终于感觉自己开始占有这门语言了。这或许是所谓的"驯服（s'apprivoiser）"。狐狸被小王子驯服，那个"驯服"就是这个词。这个词意思很妙的，不仅仅是驯服。

2020 年 8 月

虎

我在来法国之前已经学了法语，但是因为不懂社会生活方面的种种常识，还是闹出了不少笑话。或者说，正是因为会说法语，才闹出了种种笑话。当时我好多事情都搞不明白，但是很敢说话，也很喜欢说话。

我到巴黎的第一周就被地铁站的检票员罚了款，因为我买了优惠票，而我又不属于能享受优惠的人。检票员跟我说我不属于能买优惠票的人，我很震惊，我说我是学生啊。检票员认认真真跟我解释了能买优惠票的人包括多子女家庭的成员、残疾人、儿童等，但是不包括学生。我想当然地以为学生也可以享受优惠票，直接在自动售票机上买了票。我跟检票员解释："我之前不知道这个标准，不是故意要买优惠票的，我才来法国一星期。”检票员一脸“你快别撒谎了”的表情，给我开了35欧元的罚单。

后来闹出的笑话没有这么严重，没有交过罚款，只不过是出了些丑。

虽然在来巴黎之前看过一堆写巴黎的书，但我对巴黎地理还是一无所知。在路上胡乱晃荡，偶尔认出一些地标建筑，特别激动，一惊一乍。刚到巴黎时忍不住惊呼先贤祠原来离索邦广场这么近！而从先贤祠出发，顺着圣雅克路下坡，很快就能到圣母院。我就是在这个下坡的路上闹出了笑话。当时看到很多奶奶在排队，一月份正是打折季，我忍不住走过去问其中一个奶奶：“你们这是要买什么打折的东西啊？”我本来是想如果这东西我也用得着的话，也想排队买买。结果奶奶一脸震惊：“是听讲座啊。”哦，原来那里是法兰西公学院（Collège de France）！我赶紧逃走了。后来每次路过都会想起这件事。我想当然地以为奶奶们喜欢排队买打折东西。后来我才知道奶奶们也喜欢在电影院门口排队，都不是在买打折东西。

冬天到了，朋友邀请我去家里吃饭，说要做热红酒。我说红酒我来买。本着去别人家做客一定要买好东西的原则，我去了一家百货公司的酒品区，地下一层一整层都是酒，有很多别处买不到的好酒。我问店员：“我要去朋友家做客，朋友说要做热红酒，您能推荐一款合适的吗？”店员一脸吃惊，不过还是很快给我推荐了几款，我买了一瓶。后来才知道做热红酒不需要买什么好酒，一般的红酒就行，反正酒精加热一下也是要挥发的。我当时说的话语法上没有问题，语气也很客气，但因为没有常识，还是闹出了笑话。不过现在我也还是不懂红酒，要么是在超市随便买，选定一个价位以后，看哪个标签可爱就买哪个，因此买过标签上是骑着扫帚飞行的女巫的酒；要么是去店里买，还是请店员推荐，只不过我现在不会再说要做热红酒了。

还有一次是在路上走，当时跟一个朋友一起，我们刚买完水果，忽然闻到一股很香的黄油味，似乎是有店家在烤点心。我决定找找是哪家店，就拉着朋友在街上走来走去，一边走一边闻，像小狗似的吸鼻子。终于锁定了一家点心店，我进去问店员："我闻到了一股很香的味道，是哪款点心啊？"店员有点困惑，指着玻璃柜台里不剩多少的几块点心说："就这些了，您看看喜欢哪个。"当时已经快到关店的时间了，点心都快卖完了。我看了一下，跟店员说："我觉得不是这些，是一种烤出来很香的黄油味点心，你们现在在烤什么？"店员走进后厨，把同事拉出来。这位同事哭笑不得："是明天要用的黄油酥皮。"哦，好吧，这个没法买。我说了谢谢，从店里出来。我觉得确认一下挺好的，虽然没法买，但是也没错过什么，不会遗憾。

我有一次跟朋友说："我到法国以后变得越来越 hardi

了。”这个词有很多意思：勇敢的、大胆的、坚定的、果断的，这一层意思都不错。还有另一层意思：放肆的、冒昧的、厚脸皮的。我说自己用的是第二层意思，接近东北话里的“虎”。法国有个国王被人们称为 Hardi（Philippe II le Hardi，“勇敢者菲利普二世”），但是这里用的是第一层意思，形容国王骁勇善战。

我这种“虎”的劲头其实也不是到法国以后才有的。读本科时，双学位我选了社会学，要上一门社会统计学。老师一上来就开始讲回归分析和各种检验，我感觉云里雾里，完全听不懂。我的专业没有高数课，可是教室里应该也有人没有上过高数课呀。可是大家都一副没问题的神情，我感觉快要溺水了，连上四小时的课，下课以后都要窒息了。我很少喝可乐，回忆起来人生中的可乐大部分是在那个时期喝的。

过了几堂课，我觉得这样子不行，并没有因为上了几堂课就听懂了，反而越来越糊涂。下课以后，我跟老师说了我没有学过高数，也说了听不懂课。老师说：“你没有学过高数，听这个肯定听不懂啊。我下周讲一下相应的高数知识，然后再从头过一遍之前讲过的。”这回我就听懂了。旁边也有很多人露出了恍然大悟的神情。唉，这些人为什么之前都装得那么镇定呢？如果我不去说，他们能装一学期吗？这门课最后我考得挺好的，庆幸自己当时去跟老师说了。

在法国上课也发生过一次类似的事。上一门古字体学的课，老师每次上课都会发一两页手写文书的复印件，让学生回家看看，说是下周要讲的。课上讲完这一两页再发别的材料。一学期下来，文件夹里厚厚一沓文书复印件。有一次，老师在读一页东西，第一行没有问题，中世纪契约的开头都差不多，第二行开始我发现不对劲，手里拿的材料跟老师读的对不上。找了一下文件夹里其他的材料，发现也对不上。我可能是把材料落在家里了，赶紧举手跟老师说没有材料，能不能再给我一份。老师一般复印的时候都会多印几张，找他要一下也是可以的。老师找了一份给我，然后又问："还有谁没带这份材料吗？我还有。"几乎全班的人都举手了。老师检查了一下，发现是自己搞混了，这份材料他根本就没有发过，他之前只看了契约的开头，发的是另一份。如果我不跟老师要这份材料，那么班里的其他人能继续坐着吗？就这样迷迷糊糊地听一整堂课吗？

我觉得还是要敢说话，虽然会显得很"虎"，也常会闹出笑话，但还是要说话。不能装作明白很多事情，因为那样只能表面上混过去，实际上还是不明白，不论是生活的常识，还是课堂里学的东西。说错话也没什么的，就是有很多东西不明白啊，所以我才需要去问问。

2021年2月

我的语言和我的舌头

去年有个老师夸我法语说得好，夸完加了一句“你付出了很多努力学习我们的语言和我们的历史”。我当时感觉很难受，但也没说出什么反驳的话来。“我们的历史”我承认，毕竟我不是法国人，但是“我们的语言”这个说法让我很难受。语言难道是有所有权的吗？我在使用法语，所以法语也是我的语言啊！

我一度想：如果有朝一日我用法语出版一本书，或许就不会有人这样说了吧。可是我想错了。已经用法语写作多年、出版了很多本书的日本作家关口凉子在上广播节目时依然被主持人问：“您是如何学会我们的语言的呢？”关口凉子倒是落落大方，直接开始回答自己当年在东京是如何学法语的，到法国以后又如何继续学习。我意识到了：即使用法语出了书也没有用，人们不会承认法语是我的语言。

可是法国人又很喜欢搞 Francophonie（法语区），所谓说法语的人不分国家组成一个围绕语言的共同体。用法语写作的外国作家也很受欢迎。如果非要说“我们的语言”，Francophonie 还搞不搞了？当时我应该问问对方。

我对“我们”“你们”“他们”这类的词十分敏感，表面的亲切友好在这些代词中瓦解，露出真面目，其实还是有区分的，我们在这一边，你们在另一边。昨天去市场买蘑菇，说了要 shitake（香菇），法语的香菇名称是从日文转写来的，摊位的小哥说“什么”，我重复了一遍，又问他这个词在法语里该如何发音。小哥没有回答我，说：“Alors ça vient de chez vous !（反正这是你们那儿来的蘑菇！）”因为一个蘑菇，我被装到了跟“我们”对立的另一边，我成了“你们”。

chez vous 在法语里有很多意思，可以表示“你们那边”“您的国家 / 你们的国家”“您家 / 你们家”“您的故乡 / 你们的故乡”等，我也曾用这个词回击。有一次跟朋友走在路上，人行道很窄，仅容两人并行，我跟朋友看到对面走过来一个奶奶，便侧身给她让路，没想到她竟扬起了拐棍，说：“L’une derrière l’autre !（一个站到另一个后面去！）”她语气很不友好，我们明明已经让了路给她，何必如此？我吼她：“C’est pas chez vous !（这不是在您家！）”就用了 chez vous 这个表达。

“我们”和“你们”的区分让我一下子想起了出生在罗马尼亚德语区的作家赫塔·米勒的经历。

> 在德国，人们总喜欢问我是哪儿来的。每次走进杂志店、裁缝店、鞋店、面包店、药店，打过招呼之后，告诉对方我要什么，售货员取货、报价……然后，稍微喘口气：“您是哪儿人？”我把钱放到柜台上，在找零的间隙说：“罗马尼亚人。”听到我用大段完整的句子把要买的东西解释得清清楚楚，告别时人们总不忘了说一句：“您德语讲得真不错。”
>
> …………
>
> 来德国十二年来，听到人们说话时总喜欢这样开头：“在我们德国……”这常常会激发我的自卫心理。我挺直腰板说：“我不也在你们德国吗？”[1]

德语是赫塔·米勒的母语，她后来去德国生活，德国人在跟她聊天时常说“在我们德国”。赫塔·米勒的心情十分微妙。德语明明是她的母语，在罗马尼亚，她因为这门跟其他罗马尼亚人不同的母语心情很微妙，她离开农村、进城上学时才学了罗马尼亚语。到了德国，德国人又不觉得说

---

1 [德]赫塔·米勒，李贻琼译：《国王鞠躬，国王杀人》，江苏人民出版社，2010年，第144—145页。

着德语的她是组成“我们”的一部分。后来她开始主动出击，在跟德国人聊天时她开始说“在你们德国”。

我曾多次跟人说起自己讨厌听“我们”和“你们”这种带有区分感的表达。我讨厌代词，为什么在有更为中性、更为平等的名词的情况下非要使用代词呢？听我说这话的人屡有困惑和不解，甚至觉得我过于敏感，“玻璃心”。听了这样的一番评价以后，我不禁怀疑自己是否真的是太敏感了，敏感到误会了他人的好意的程度。可是读完赫塔·米勒的叙述，我意识到了：这种微妙的心情不止我有过。赫塔·米勒比我表达得更好。

我也曾在各种各样的地方被人问是哪里人，最开始我还认认真真地回答，得到的反应往往是“您法语说得不错”，后来我渐渐对这样的问题感到不耐烦。有一次，在咖啡馆的露天座，我跟朋友点完了饮料，服务生忽然问：“你们是哪里人？”我僵住了，我不想回答。他继续问：“你们是日本人？”我仍不想回答。我跟他说：“我们是来这儿喝一杯的，您的问题与此无关。”他没有继续发问。我经常遭遇此类对话，总有人问我：“您是日本人吗？”我说：“不是。”对方又问：“您是中国人吗？”我说：“是的。”然后对方就陷入了沉默。我忍不住想：如果我是日本人，对方要说什么呢？我不是日本人的这一事实让对方失望了吗？

提问本身似乎就是在展示一种权力，这样的提问总让我想起机场海关玻璃后面的边检人员。他们问我，我必须回答。后来，我逐渐意识到了：在日常生活中，几乎是陌生人的人抛出的此类问题，我其实没有任何义务去回答。我悔恨很多曾经没有发挥好的时刻，在脑子里模拟场景，试图给出一个能噎住对方的回答。面包店老板问我是哪国人的时候，我或许可以说："怎么，你们店里根据不同的国籍有什么不同的优惠吗？"咖啡馆服务生问我从哪里来的时候，我其实可以说："从妈妈的子宫里来，跟您一样。"面对那些确认了我不是日本人而丝毫不掩饰自己的失望的人，我似乎可以说："那又怎样？您想怎样？"

我开始告诉自己：我感受到的不舒服就是不舒服，我感受到的不友好就是不友好，我要承认自己的感受，用不着过度反思自己。我是个记仇的小气鬼，从小被大人说："这孩子咋这样呢，这么记仇！"但开始写作以后我发现记仇是个优点，正因为记仇我才能记住很多事情，我才有得写。

我还热爱报仇，法国不健康的零食的广告上会象征性地加一句话，大意是还是要健康均衡地饮食啦，一天要吃五种蔬菜水果啦，这些在广告牌上写成一行小字的内容是一个叫 manger bouger 的网站推广的，manger bouger 的字面意思是"要吃也要动"，提醒人们运动的重要性。manger bouger 发音类似，很好记。我把这个表达改了一下，作为我的格言——Manger venger. 要吃也要报仇。回想此前的痛苦遭遇，如果不是怀着这种要复仇的心情，可能已经丧失了斗志，可能已经沉沦在痛苦中，什么都不做，顺了恶人的意。在痛苦中，是“来吧，那么我们都不要好过！”的心情在支撑自己。

虽然去年那个老师说“我们的语言”的时候，我没有想出来如何反驳，没发挥好，但是我最近想出来一个绝妙的回答。法语里表示“语言”的词 langue 还有“舌头”的意思，下次再有人说“我们的语言”，我就说：“C’est aussi ma langue!（这也是我的语言呀！）”说完以后吐一下舌头。

2021 年 5 月

我说的是中文吗？

二月初，我去奥德翁（Odéon）剧院看了伊莎贝尔·于佩尔的《樱桃园》，坐在第一排的最中间。最好的座位，票价大概是40欧元。我离她很近很近。发现她那么瘦,那么小，不像电影里显得那么高。她穿着目测有10厘米高的细跟高跟鞋，刚开场，她扮演的女主角因从巴黎回到樱桃园而快乐得跳起来。我看着她的细鞋跟，忍不住担心这样跳着会不会崴脚，结果她稳稳地落地了。

空间果然有其功能，我在剧场里看到的于佩尔比在电影里看到的立体得多。我听到那熟悉的声音和腔调，但好像又听出了比电影里她的声音更多的一点什么。那一点具体是什么呢，我说不出来。可是，我意识到了：如果我在现实生活中遇到一个用这种腔调说话的人，我应该喜欢不起来。声音传达非常多信息，超乎我的想象。与真实的人面对面，看着一个人在自己的近处，与看屏幕的感受截然不同。

女主角从前的奴隶的儿子问她为何不肯开发樱桃园、从樱桃园中获利，为何不肯听他的提案，他抱怨她听不懂她的话，他抱怨她不听他的话。他最后绝望地吼了一句："难道我说的是中文吗！"法语里有一句表达，当觉得对方听不懂自己的话的时候，就会说："难道我说的是中文吗！"类比中文里的表达，大概相当于"我说的难道不是人话吗"。我的朋友是中国人，她在法国读过书。她跟我讲起她上学时频频听到这句话。数学课上，老师讲了很多，下面的学生毫无反应，老师便问："难道我说的是中文吗？"我的朋友说她每次都要在下面说"不是"。她周围的法国同学就扑哧扑哧地笑。在剧院，我听到这句话时，竟也脱口而出了一句"不是"。我从另一边打破了第四堵墙吗？契诃夫的原文会是这样的表达吗？我不知道。是法语版的译者翻译出了这句话吗？我也不知道。

把自己不理解的内容比喻为中文的说法，不仅法语里有，德语里也有。茨威格在《昨日的世界》中写道："我十八岁还不会游泳，不会打网球，也不会跳舞。直到现在，我既不会骑自行车，也不会开汽车。在体育方面，任何一个十岁的男孩都可以讥笑我。即使到了今天的 1941 年，我还搞不清棒球和马球、曲棍球和马球的区别。每张报纸上的体育版，我都觉得是汉语写的，怎么也看不懂。”在他看来，明明是用母语写的内容，因为自己看不懂，就觉得那是用中文写的。

可是，人为何要用如此迂回的方式表达自己呢？为什么不能直接说：“嘿，我说了这么多，你为什么听不懂我说的话呢？我希望你能理解我！”法国人把不可理解的内容形容为中文，此前我一直十分反感，觉得这是一种区分，可最近却也有了新的心情。我用中文与同样说着中文的人说话，可有时我想说的意思也无法传达给对方，对方说的话我也无法破解，我不知道对方在说什么、要说什么，只能不断发问：“你能具体解释一下吗？”“你到底是怎么想的？”“你说的这句话是什么意思？”……这些发问并没有引出更多的信息，我依然在一团迷雾中。一团母语的迷雾。母语竟也让我觉得陌生。我不禁想，法语里的那句表达是否有一些道理。我也想问一句：“我说的是中文吗？”我们说的都是中文吗？

人究竟要如何使用语言呢？这是我这几年一直在思考的问题。

茨木则子对何为美的语言的思考给了我很多启发。她说：“蕴含个人发现的语言很美，不管是多细小的发现。”这一点我非常同意。我的朋友母语是中文，她在法国上学、工作，我经常与她讨论学习和使用法语的心得体会。我们都曾努力背诵法语中的经典表达、固定搭配。那些固定的比喻是语言在漫长的使用过程中集体形成的沉淀物，比如她曾感慨：如果形容一个人穿的衣服很紧身，法语里可以说这个人像把自己塞进了香肠里一样。她当时觉得这个表达很妙。我却觉得也就还好。我觉得法语里这种固定的表达类似中文里的成语，人人都在用，人们互相也懂，听到以后就能明白。但我觉得这种表达是偷懒，是在抹杀自己想表达的东西的独特性。因为自己想表达的东西可能与某个固定的说法很像，但或许并不完全一样。如果用了那个固定的表达，自己感受的独特性就没有了。

朋友说她羡慕那些法语母语者，她的同学和同事们都说很多漂亮的字词，说话时的范儿也很激昂，就连讨论日常生活的话题也显得有雄辩气质。我安慰她："这些表达用起来虽然显得很不错，但这些表达并不是自己的。"我当时没能找出具体的例子跟她说明，就只引用了茨木则子的话。后来我把茨木则子的书借给了她。

过了一段时间，我猛地想起了具体的例子。我说："你有一次说你喜欢摸男孩子的后脑勺，因为毛茸茸的，摸起来就像在摸小狗。我觉得这是特别好的表达。因为这是你的感受，是你在用语言表达自己。"我又举了一个例子，我跟她共同的一个朋友曾抱怨她母亲对她管教十分严格，连衣着都要服从母亲的偏好，她说："我回家以后，跟我妈出去吃饭，简直就是cosplay（角色扮演）。"我觉得这也是特别好的语言。后来，我偶然看到一个友邻说她心情很好，如果有尾巴的话，甚至想摇摇尾巴。我觉得这句话也特别好。我喜欢这种带有个人感受的表达。

我跟朋友说："我觉得语言的美是多种多样的，美有不同的方向。你羡慕的同学和同事们那种引经据典和雄辩的风格是美，可是清晰地表达自己的感受也是美。如果你追求的风格是清晰，那么你已经达到了。你说的法语非常清楚，你也表达了自己。"这话听起来或许是一种因为不能达到前一种风格，转而只能追求后一种风格的自我安慰，但我觉得并非如此。

在外语中，人可以选择自己语言的风格。不过，这种选择或许是被迫的。我的法语凑合能用，基本能表达我想表达的内容，但是我做不到绕来绕去地说话依然能传递自己的想法，这个能力我在法语里不具备。于是，出于实用的考虑，我只能直接说我想说的意思。我要什么，我不要什么；我接受什么，我不接受什么。语言的最主要目的不是展示自己的知识，也不是为了显得自己厉害。语言的目的是沟通，是为了让听我说话的人明白我要说什么。因此，那些华丽的表达我即便不会，也不妨碍我使用法语。如果说话不是为了让对方明白，那么或许可以闭嘴。于是，我在使用法语时，也常常沉默。在无话可说的时候，便不说了。

而这种对风格的选择并不仅在外语中才有，在母语中也有。我在用中文写作时，也没有选择一种用词复杂、华丽的风格。我几乎不用成语，这是我主动做出的选择。高中时，语文卷子有一道成语题，我常常错，并且不肯悔改，也不肯认真学习。我的语文老师非常不解，我自己也非常不解。我当时对成语十分抗拒。后来我明白了那抗拒的理由，我大概是觉得成语所表达的情况与我的日常生活距离很远，我没有机会用，因此也没有动力学。这道成语选择题，我一路错，错到了高考。不过，我成绩很好，分数最终仍在 130 以上。或许也正因如此，高中时才一直对成语题不那么上心。后来，上大学时我偶然听了一次讲座，讲座嘉宾是当时大热的获了奖的作家。他说成语在他眼中是一种“尸体”。我一下子明白了。我一直以来的感觉是这个！就是这个！我一直没能形容出来的模糊的、复杂的心情，原来是这个！

那一刻，我也更加清楚地意识到了语言的功能。语言能把抽象的东西变得具体和有形。那些经历过的事、那些心情，因自己语言的匮乏，无法形容，无法把它们变成文字，无法给自己的情感命名。可是一旦听到了他人精准的表达，一下子就能识别出来。啊，就是这个！就是！去年夏天，我疯狂地读《我的天才女友》。我本来一直对畅销书非常警惕，不会因为一本书畅销便立即买来读，可是两个朋友先后给我推荐，我就觉得我必须得读一读。我一直以来的经验是：如果有一本书或一部电影，在短期内有两人都给我推荐，那么我就必须要看，我不能拒绝命运给我的信息。这方面，我非常迷信。

我开始读《我的天才女友》以后，一口气读完了四本。读的时候，一直高呼：太厉害了，就是这个！那种女孩子之间互相欣赏又偶尔嫉妒对方的友谊，就是费兰特写的那样！那种从经济上不强的阶层走出来的、有机会接受了好的教育的女孩子的复杂心情，就是费兰特写的那样！那些黏糊糊的、没有轮廓的东西，费兰特都写出来了。我一点都不会意大利语，不知道费兰特本身写的是什么样，但是我知道费兰特写的东西不论翻译成什么语言都会很好。因为费兰特写出了很多人、不同文化中的人、不同语言中的人可能共有的经历和心情，那些大家之前没能用语言组织出来的心情。

费兰特对我的影响很大。看完《我的天才女友》的那段时间，我觉得我在用那本书里的语气说话。后来我又读了《碎片》，费兰特的采访集。她（或许用“她”也不准确，因为我们也不知道费兰特是男是女，但是我猜费兰特是一位女性作家，因此姑且用“她”）在多次采访中不厌其烦地回答不同的记者对她的真实身份的好奇，她顶住所有的问题，没有透露个人信息。可是费兰特在讨论别的比她的真实身份重要得多的事情。费兰特讨论什么是真实，文学里的真实是什么，又该如何实现。她说不应该撒谎。这句话对我冲击很大。我曾在专栏里引用这句话。“谎言会保护我们，会减轻痛苦，会让我们避免认真反思带来的忧虑，会稀释我们这个时代的恐惧,甚至让我们免于自我伤害。但在写作时，我们永远都不能说谎。”

我受这句话影响，甚至把这句话实践了下来。我想得更彻底，如果想要能够使用语言表达自己，那么这种能力不应只在写作中锻炼。对于不是职业作家的人而言，生活中大部分表达自己的场合不是写，而是说。我从 2020 年秋天开始用中文写很多东西，可我不是职业作家，我写的再多也没有说的多。疫情以来，跟朋友们难得相见的那段时间让我养成了打电话的习惯。此前极少与人打长时间电话的我，开始与朋友们打非常久的电话。我们在电话里说自己的经历，讨论一些问题，聊得非常深入。朋友曾开玩笑说：“我们打电话聊的东西，如果录下来的话，可能比很多播客都有意思呢。”正因大部分时间表达自我是通过说，我开始要求自己说话时也不要撒谎。我想在说和写这两方面都践行费兰特的话。

从经济的角度思考，我想最好也不要在一门语言里说两套话。比如，在中文里，有的人面对地位比自己高的人说一套话，面对地位比自己低的人又说另一套话。两套话里有很多不同的词和固定表达，或许在大脑中占用了很多本来可以学其他语言的空间。之前总有人问我学外语的经验，有一年新学期刚开始，我认识的一位老师邀请我和她的一个新学生一起吃饭，让我跟那个新学生讲讲学外语的经验。虽然学的外语不同，但经验似乎也可以共享。我当时说：“要非常努力，要花很多时间。”刚入学的小朋友说他还要参加乐团的排练，恐怕没有很多时间。我也没说出更多的话来，便沉默了。现在想来，他或许会想：“这个学姐说的学习经验就是这个吗？没什么窍门吗？没什么绝招吗？”当时的我，还真没有别的窍门。因为我那时非常努力，花了很多时间。后来才知道，有的老师形容我那段时间的学习状态时用的词是“拼命”。现在，如果有人再问我学外语的经验，我想我会告诉他/她：如果想学好外语，那么就不要在母语里整出两套话。

我要认真对待我的语言。我的母语、我的外语。我能用来跟人吵架的语言，我能用来跟人撒娇的语言，我能用来点菜的语言，我能用来买冰激凌的语言，我能用来写论文的语言，我能用来写随笔的语言，我能用来做翻译的语言，我能用来读菜谱的语言，我能用来读几百年前的文书的语言，我能用来读文学作品的语言……我要珍惜它们，我要使用它们。我要通过它们，让它们使我成为我，让它们帮助别人了解我。

2022 年 2 月

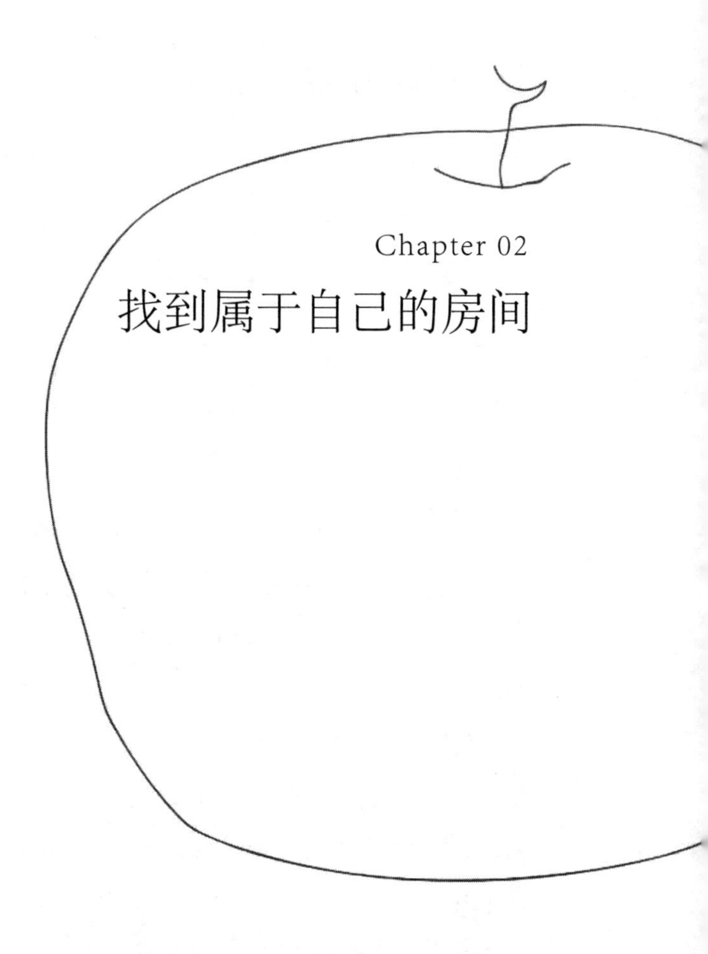

Chapter 02

找到属于自己的房间

我不是不想结婚啊，我很想结婚。我想要的不是老公，而是老婆。可是绕了一圈，我发现我是那个他们要找的老婆。

住在厨房里

在巴黎的前两年半，我住在一间女生宿舍。宿舍紧邻修道院，是修道院的地产，但不是由修女直接管理。负责日常事务的是一个协会。这种宿舍在法语里叫 foyer（可译为“女生之家”，但是这个词也有很多其他的意思），大多是天主教背景。行政工作由四位女性负责，一个总管阿姨、一个秘书、一个值班阿姨和一个值班奶奶。两个阿姨周一到周六每天轮番打扫公共区域。在宿舍几乎见不到男性，偶尔出现小故障，要请男性修理师傅，总管阿姨会提前发邮件通知。

我出于偶然住在这间女生宿舍，而同住的很多女生是被家长送来的。她们大多是从外省的高中毕业，到巴黎上预科学校或本科，管理严格的宿舍让家长们安心。有修道院背景的宿舍往往有宵禁，我住的这间没有，还算宽松，但是晚上10点以后不可以发出声音、打扰他人。我在住进宿舍之前签了合同，还签了一份厚厚的内部管理条例，二三十页，每一页都要签字，表示已经看过并同意。罗杰·格勒尼埃在《巴黎，我的大城市》（*Paris ma grand'ville*）中写他在路上看到女学生们从女生宿舍里走出来，他觉得这种女生宿舍跟修道院差不多。

饭堂和公共厨房都在地下。宿舍建在一个斜坡上，地下一层两侧的地势不平，一边高一边低。高的那边是厨房，只有几个小气窗；地势低的那边则有大窗子和门，推开门就是花园。厨房和饭堂上面的一层与地面平齐，是零层。法国跟中国的楼层算法不一样，中文里的一层，按法国的算法是底楼，即零层，依此类推，中文里的二层在法国算一层。零层是宿舍管理人员的办公区，不住人。一层到六层都是宿舍，一共住了80多个女生。

我所在的宿舍曾是修道院。卧室每人一间，房间细长，大概14平方米。房间内有一处隔断，隔开的部分里有洗脸用的水池，还有一张90厘米宽的单人床、一个衣柜、一个书架和一张书桌。想起之前上过的一门社会学的课，老师说空间也是一种权力，因为空间规定了在空间里的人的行为。老师当时举了一个例子：如果教室只有前门，那么在上课途中想离开的学生就要承受很大的心理压力；如果教室有前门和后门，那么中途逃走的心理负担就不大。在这个曾是修道院的建筑里，我对“空间的权力”有了更具体的理解。来法国之前我看过一本名为《山丘上的修道院》的摄影集，摄影集里的修道院是勒·柯布西耶设计的拉图雷特修道院，在里昂附近。修道院不仅可以参观，还提供付费的住宿。我一度想去体验。打开拉图雷特修道院官网，发现修道院房间的照片看起来跟我的宿舍差别不大，我立刻就不想去了。

厚厚的内部管理条例规定所有住在宿舍的人不得在自己的房间里吃饭，吃饭必须到楼下的饭堂（réfectoire）去。也不得在自己的房间里做饭，不得偷偷使用电磁炉或电饭锅，必须在楼下的公共厨房做饭。理由是房子太老，食物可能引来老鼠。这规定让我想起了12世纪法国诺曼底地区维尔侬（Vernon）修道院的条例。维尔侬修道院创办了照料病人的医院，在医院工作的修士和修女只能在公共饭堂吃饭，不能在自己房间里吃，也不能在医院里吃。我所在宿舍的规定或许是历史的遗留。

位于地下一层的厨房和饭堂看得出曾是修道院的厨房和饭堂。每年9月中旬的一个周末是文化遗产日，平时不开放参观的建筑在遗产日特别开放，免费参观。我曾在遗产日参观位于巴黎14区的方济各会修道院，参观时经过了修道院的饭堂。那个饭堂的样子跟我宿舍的饭堂差不多，都有为一群人同时吃饭而设计的大长桌和大圆桌。比起真的修道院，宿舍的管理宽松许多，并不要求所有人在固定的时间一起吃饭。每天上午10点至11点半是阿姨打扫的时间，在此期间厨房上锁，其他时间随时可以使用厨房和饭堂。

厨房内分冰箱、橱柜和灶台三个区域。说起冰箱，那并不是我们习以为常的家用冰箱，而是整整一大排，更像游泳馆更衣间的储物柜。每个人有一个小格子，配有钥匙。冰箱、灶台和橱柜不在一处，做饭时需要在这三点之间往返数次，我懒得每次都锁冰箱，只是把小格子的门关上而已。后来却出现了偷食物的小偷。不仅我一个人被偷，宿舍的很多女生都丢了食物。大家跟总管阿姨反映情况，阿姨信誓旦旦，说要抓到小偷，在厨房安装了两个摄像头。

几年前我在巴黎做交换生，当时住学校的宿舍，一层楼共用一台大冰箱，也丢过食物。本来打算炒个西兰花的，买了肉，西兰花却不见了。类似事件屡屡发生，打乱了我做饭的计划。我只吃了几口的一升装大盒冰激凌居然也被人吃光了。偷吃东西本应毁尸灭迹，偷吃冰激凌的小偷居然把塑料盒子刷干净，晾在公共厨房的水槽边。一同做交换生的同学安慰我："搞不好法国人就是觉得公共冰箱里的东西也是公共的，要不你也吃她们的东西？"

从那以后，我很怕公共冰箱，刚来这间宿舍时还庆幸每人有一格独立的冰箱。有一天我在做饭，偶然回头，发现居然有人在开我的冰箱格子的门。我马上冲过去："你干吗开我的冰箱？"那个女生淡淡地说："我搞错了。"

我开始锁冰箱门，每一次都锁，在厨房里一直拿着钥匙。可难免疏忽，食物还是被偷了。我决定在厨房的墙上贴两张纸，警示一下小偷。在第一张纸上，我写道："世界上存在物主形容词就是为了表示东西的所属，不是你的东西你就不要动！"在第二张纸上我引用了《圣经》："若有人不肯做工，就不可吃饭。"

一周后，我在大饭堂吃饭。两个女生过来了，说她们是代表另一个女生来的。那个女生看到了我贴的纸，觉得我写得太过分了。我反问："那她为什么不亲自跟我说？"两个女生没有回答，解释道："她觉得你这样说太伤人了，偷东西的人可能是被迫的，可能真的没有钱买吃的，可能过得很惨。"我说："我这个人不是硬心肠，如果她直接跟我说需要帮助，我很乐意把我的食物给她。你们也知道，平常我在厨房做饭，有人经过说我做的菜闻起来很香，我都会问对方要不要尝尝。但我觉得偷东西是另一回事。"后来，我每次碰到这两个女生和那个派她们来的女生都觉得很尴尬。本来是可以打招呼和说话的关系，后来却陷入了沉默。

每人一格的冰箱只有冷藏室，没有冷冻室，没法买大盒冰激凌。法国超市里的冰激凌主要分两种，一种是有木棍的雪糕，四支或六支一盒；另一种是散装的，往往是一升装。

我买冰激凌时会分给其他人吃，也常常吃到其他人分给我的冰激凌，这种分享的感觉真不错，这是那个并不现代的冰箱的好处。

橱柜也很麻烦，同样是每人一格。厨具、餐具、调料等都要放在橱柜里。个人的东西可以短暂地在做饭时、洗碗时放在公共空间，其他时间都必须收进橱柜。洗洁精和洗碗布均须自备，用完以后也要收进橱柜里。橱柜里东西非常多。

我刚开始住宿舍时，有一次洗完碗把厨具晾在水槽旁边的平台上，打算让它们稍稍干一点再收进橱柜。可是很快我的菜刀就不见了。我问厨房里其他的女生有没有人用了我的刀，或者看到我的刀，大家都说没有。我着急上课，便匆匆走了。下课以后又回来找刀，还是没有。我开始翻厨房的垃圾桶，没有找到，不甘心，又去院子里的垃圾棚子翻垃圾桶。总管阿姨问我在干什么，我说我要找回我的刀。她被我吓到了，我跟她解释了原委。她跟我一块儿回厨房找，还是没有找到。可是那天晚上，我的刀离奇地出现了。

灶台、橱柜和冰箱三者是分开的，饭堂在厨房的旁边，做饭、吃饭、洗碗、收拾的过程中要不断跑来跑去。为了减少跑的次数，我准备了托盘，一次多拿一点东西。难免忙中出错，手滑打碎杯子、盘子。橱柜里东西太多，每次取用、放回都要格外小心。我也在这个过程里摔碎过不少东西。不只我一个人这样，大家都摔东西，常听到瓷器摔碎的声音和随后匆匆的脚步声，大家都已经习惯摔碎杯盘后马上去工具间拿扫帚和撮箕，把碎片撮起来倒进玻璃类垃圾桶。最初我还会补买新杯盘，打定主意搬出宿舍后便不买了，搬家时少一件东西就轻松一点。临搬走那个月所有盘子都碎了，我那段时间一直用玻璃保鲜盒吃饭。

我搬了家。新住处的房型在法语里叫 studio。这个词看似是英语里形容艺术家的工作室时用的那个词，在法语里的意思其实是没有隔断的小公寓。除了卫生间，其他空间都没有隔断，其中一角是厨房角。换句话说，我有一个开放式厨房。

在法国，租房时根据房子是否配备全套家具和设施，分为有家具和无家具两类。我租的属于无家具这类，无家具不是说房子里空无一物，而是仅配备最低限度的设施。厨房角有一个台面，台面上有一个电炉盘和一个水槽。台面下方左侧预留着大烤箱的位置，中间是三个抽屉，右侧是两个拉门。台面上方吊着一个橱柜，对面还有一个两米宽的大橱柜。这就是厨房自带的所有东西。公寓本身很小，厨房角更小。习惯了宿舍的公共大厨房，最开始用小厨房还不适应。不过，我到底有了安放所有锅的空间，不必每次做完饭都把所有东西收回橱柜。

我看过英国女孩雷切尔·邱（Rachel Khoo）的美食节目，

名为《小小巴黎厨房》(*The Little Paris Kitchen : cooking with Rachel Khoo*)。这部纪录片讲述了她在巴黎买菜和做饭的经历，介绍了很多菜谱。她的公寓有单独的厨房，但面积也不大。日本作家山本百合子写过一本名为《巴黎小厨房》的书。看来在巴黎有一间小厨房很正常。日本纪录片《人生果实》里，津端英子和丈夫津端修一住在自建的房子里，房子敞亮，院子很大，可厨房还是小小的。津端英子在小厨房里几十年如一日地为家人准备饭菜。我开始转变观念，告诉自己：小厨房也很好，不，小厨房就很好。

小厨房没有抽油烟机，电炉盘的上方是带拉门的橱柜，看样子之前也不曾有抽油烟机。电炉盘跟之前在宿舍大厨房的一模一样，电炉盘的表面是平的，平底锅的底也是平的，两者相适应。我没有圆底大炒勺，也不做爆炒菜式，没有抽油烟机似乎不成问题。我决定调整烹饪方式，尽量煎、煮和炖，做饭时和做饭后开窗通风，减少室内的油烟。

我也没有微波炉。从小到大我家都没有微波炉，父母家现在也没有微波炉，我对微波炉并不依赖。住在女生宿舍时有人不小心把锡纸包装放入微波炉加热，搞坏了微波炉，触发了烟雾报警器。我对微波炉一直有些恐惧，搬家以后也没有置办。平时尽量不剩饭，每顿做相应分量。偶尔做大锅炖菜，把剩下的菜装进玻璃保鲜盒，之后吃的时候把玻璃保鲜盒放在土锅里，往土锅里加水，靠蒸汽加热。

但是没有冰箱是行不通的。搬家时正是冬天，我把一个塑料收纳盒放在窗台上，把酸奶、黄油等放在里面，算是临时冰箱。房子很老，插座有限，找了一圈也没有发现接地的三孔插座，全都是两孔插座。根据我的生活经验和常识，冰箱这样的大电器需要接地，搜索法国的规定，结论相同。我给房屋中介写邮件，中介反应很快，说安排一个电工师傅来看看。我跟电工师傅联系，约了碰头时间。师傅来了，检查了所有插座，确实都没有接地，他满不在乎："巴黎有很多老房子都没有接地插座，要改造也不是你一户的事，你就只把冰箱的插头插在这个插座上，不要搞插线板，肯定没有问题。"我还是不放心，他反复说："真没事，只插一个插头肯定没事。"

我决定相信电工师傅的话，开始物色冰箱。我心目中理想的冰箱是冷藏和冷冻各占一半，但法国的冰箱往往只有很小的冷冻部分。最终勉强找到了一款冷藏部分占五分之三、冷冻部分占五分之二的冰箱，在网上下单。运费不便宜，我不会开车，也没有力气把大件电器从店里搬回家，请店家送货是最理智的选择。下单过后半个月，两个师傅把冰箱送到了，不仅送货到门口，还帮忙把冰箱搬到房间里指定的位置。我决定把冰箱安置在衣柜旁边的角落里，距离床脚不过一米远。战战兢兢地把插头插在了插座上，呼，没有问题，冰箱开始运转了。

可是新的问题又来了。为了省钱，我选了一款便宜的冰箱，便宜的坏处是降噪效果差，运转时嗡嗡作响。白天还好，忙起来容易忽略噪声，夜里嗡嗡声像是被放大了好几倍，我躺在床上翻来覆去睡不着。试着用被子蒙头，很闷，不是长久之计。戴降噪耳塞，效果不错，从此以后每天临睡之前都塞好耳塞再关灯。我跟朋友开玩笑：我简直是住在厨房里啊！在没有分隔的小房间里有灶台、水槽、冰箱、书柜、书桌和床，所有的日常活动都在这个空间里发生，上一顿饭尚未散去的气味留在房间里，在市场买的菜有一部分就放在地上，床脚就是嗡嗡作响的冰箱，这不是住在厨房里吗。

我本以为这个设施不全的小厨房会不方便，却在与它渐渐磨合的过程中发现了小厨房的好处。我的炉盘是单纯用电发热的炉盘，不需要专门适配的锅，所有的锅都能放在电炉盘上用。电炉盘作为一个单纯的热源，像一团可以随时点燃的火。我对煤气炉灶有恐惧感，安全意识过度，总是担心使用煤气的过程中可能出现的不安全情况，有电炉盘正好。独居的好处是只要把铸铁锅放在炉盘上就可以一个人吃寿喜烧了，不需要在餐桌上架卡式炉，一个人站在灶台旁边捧着碗、就着锅就能吃。

秋天，我收到了朋友提前送我的圣诞礼物。我的朋友住在德国，她在网上订购了一台烤箱给我。邮递员按门铃说有一个给我的包裹，拆开以后发现是我心心念念的烤箱，好高兴。有了烤箱以后，我的小厨房如虎添翼。法国的面包店可以买半根长棍面包，可是很多其他种类的面包都不能只买一点点。解决方案就是想买多少就买多少，只要放在冰箱里冷冻就好。我买了面包刀，把大面包切成厚片，放在保鲜袋里密封，放进冰箱冷冻层。每天早上从冰箱里拿出面包，放在烤箱里烤一烤，就跟新出炉的面包一样美味。

我还用烤箱做菜。用烤箱做菜很方便，把肉和蔬菜切好，淋上橄榄油，撒上盐和胡椒，偶尔放辣椒粉和孜然。必不可少的是大蒜，把材料搅拌均匀以后放在耐热容器中。剩下的就交给烤箱和时间，很省事。冬天格外想吃奶酪，便在烤蔬菜上放厚厚一层马苏里拉芝士，让芝士熔化，变成焦糖色。偶尔烤烤黄油小饼干和巴斯克蛋糕，每次烤点心都能想起朋友的一句话，她说："如果天堂只能有一种味道，我觉得是烤箱里传出来的黄油味！"

厨房空间有限，因此有了尽量一物多用和精简用具的意识。搬家前我摔光了所有盘子，搬家后重新添置。买了可以在烤箱里加热且可以在冰箱中冷冻的盘子和碗，烤蛋糕时拿碗当模具，烤芦笋时直接把芦笋放在盘子送入烤箱。我没有电水壶，就把手冲壶放在电炉盘上烧水，水开了直接冲咖啡，像在野外露营一样。果酱玻璃瓶清洗好，留下来，用来装砂糖、面粉、淀粉和香料。透明玻璃瓶子配上红白格子铁盖，在橱柜里排得整整齐齐，很好看。

2020 年春天，第一轮封禁结束以后，餐馆只在夏天短暂地营业，秋天第二次封禁以后又不能堂食了。有些餐馆提供外带服务，有不少餐馆完全不营业了。在外就餐的机会几乎没有了，人们习惯了在家里吃饭。我在家里做饭招待朋友，也去朋友家吃饭。见面不再理所当然，而是难得的、需要珍惜的机会,所以想努力创造一些美好的回忆。围着菜，聊一些当下的烦恼和快乐，这样的时刻非常珍贵。

自己做饭是一件很有乐趣的事情。食材和食材的组合，香料与香料的组合，不同的烹饪法会有不同的效果，仿佛做饭的公式。我喜欢介绍这种做饭“公式”的菜谱书，读完以后往往能举一反三,可以自由发挥。有时做出了很好的味道，会觉得自己掌握了某种魔法。而自己做菜也有麻烦的一面，比如刷不尽的碗盘，做完一顿饭水槽几乎满了，还没有算上锅和吃完饭以后待刷的碗盘和杯子。看着那堆东西很沮丧，我的解决方案是烧一壶热水，听着水壶冒热气的声音，想着马上要喝咖啡或红茶，就有了刷碗的动力。

2021 年春天，我参加了人生中第一次学术研讨会，是线上的。在开会之前排练了很多次，把发言时间控制在主办方要求的长度。打开摄像头自信满满地准备开讲，却在屏幕上看到了没来得及拉上的橱柜拉门。两只红葡萄酒杯、两只白葡萄酒杯、若干咖啡杯和茶杯及玻璃杯，还有两罐咖啡豆、一个陶瓷滤杯和若干小碗，它们成了我发言的背景。听我发言的人会不会看着这些东西出神呢？他们一定会觉得我是住在厨房里吧！

以我个人的经验来讲，住在厨房里很不错。不过我还是觉得人其实不应该住在厨房里，离冰箱太近，手随时伸向食物，容易吃太多。

2021 年 4 月

我与巴贝先生

之前听人感慨巴黎房子难租，有人让导师帮忙担保才租到房子，而导师是一位院士。我当时住在修道院旁的女生宿舍，尚未在巴黎找过房子，听到这样的故事也只当是玩笑，没想到自己租房子竟也找了一位院士做担保人。

2019年夏天，女生宿舍换了总管，新总管30岁。2019年秋天我照例续约，没有注意到新总管添加的条款，以为跟往年内容一样，便签了字。秋天总管召开欢迎会议，要求大家自我介绍，新来的人和之前的住客得以认识。会议结尾，总管轻松平淡地说："以后所有人都只能在宿舍住三年，三年以上就得搬出去。"2019年正是我在宿舍的第三年。

之后特地去找总管问这个三年是如何规定的，从什么时候开始算。她冷冷地回答我："你只能住到 2020 年 6 月。"我说："在法国，法律生效以后是不向过去追溯的，你的这个新规定要实施的话，理应从你宣布的一刻算起，你这样的做法非常不符合法律的逻辑，很不按法国的路子来。"她有些震惊，好像第一次听我说这么多话似的，但也没有正面回答我。我说："作为外国人，在巴黎找房子很难，而你们要求提前两个月跟你们说退房的日期，我可能没法确定，毕竟找房子不是我说了算的，也许某一天就找到了，有可能一直也找不到。"她说："我不管，你是成年人了，你总有办法的。"看来她不会让步了，我甩下狠话："我去找找看。如果找不到的话，我就睡大街，就睡宿舍门口。"总管被我吓到了，赶紧补充："你要是实在找不到的话，可以住到 2020 年 8 月底。"

2019 年秋天我一直生活在不安中，尚且住在宿舍里，却每一天都感觉自己要没地方待了。路过房地产中介店面便认认真真看橱窗里的租房介绍。在巴黎租房很难，所有人都想来巴黎，再差的房子都不愁租。我一个朋友的找房经历十分漫长，让我对找房子这件事心怀恐惧。从看房到签约，每个环节都充满变数。巴黎的房子十分抢手。去看房也不是单独看，中介会叫一堆有意向的人同时来看。说是看房子，更像是面试。看房时可能有人当场掏出一份完整的材料递给中介。如果遇到这样的人，那么这个房子基本没戏。

材料是另一个折磨人的东西，难的不是准备好关于自己的文件，而是要找一位有经济实力的担保人。法国的法律极大地保护租客利益，即使租客没有交房租，在冬季房主都不能驱逐租客，租客可以继续住下去。法律的本意是希望人们不要在冬季流浪街头，充满保护弱者的好意，可房主怎么肯让人白白住自己的房子呢？房主的应对措施是积极挑选有经济能力的租客，月工资要是房租的三倍以上。如果租客没有这样的收入，就需要一位具有同等经济实力的担保人为之担保。万一租客没有钱付房租，房主便可以找担保人追款。尚未工作的学生租房往往需要担保人。而我当时并不认识任何一位财力这样雄厚的人。

我打算先碰碰运气，看看有没有一些小型中介接受没有担保人的租客，结果是不行。我开始看其他学生宿舍，也试着申请巴黎大学城。房子并不好找，我也觉得好像还有足够的时间，并没有特别着急找房子。真正让我下定决心马上搬走的是一个冬夜的经历。

一个朋友准备从巴黎回国过春节，大家决定在她出发之前聚一下。住得离我的宿舍很近的朋友请大家去她家吃火锅。吃完后我主动提出留下来洗碗收拾，因为住得近，不着急坐车，让另两位住得远的朋友先走了。收拾完已经夜里一点，顶着寒风走回住处。大门右手边的密码盘上贴着一张黄色的便利贴：“门坏了，请给值班阿姨打电话。”我并没有值班阿姨的号码，试着给宿舍的其他人打电话，结果没有人接电话，可能大家都睡了吧。我抱着或许有人晚回的希望，在大门外等了二十分钟，可是没有人回来。太冷了，不能再在门外站着了。我那天以为自己只是去附近的朋友家吃一顿饭，连钱包都没有带，想去住酒店也去不成。

我决定给朋友打电话，第一个电话她没有接，等了一会儿又打了第二个，她接了，说刚才在洗澡。好险，幸好她还没睡！她马上让我到她家去住。算是得救了。

第二天早上，我回到宿舍，大门已经修好。我跟总管说夜里没能进宿舍。她竟说："你房门背后贴着的纸上就有值班阿姨的电话。"她说的是火灾逃生路线图。我说："可是我不在房间里，如果我能回到房间里，我根本没有必要给值班阿姨打电话。"她不肯承认自己的工作失误，撇撇嘴，说："是门坏了。是门的问题，不是我的问题。"她责怪我没有背下来值班阿姨的电话号码。简直无法跟这个毫无同情心和责任感的人沟通。如果再在这个地方住下去，搞不好会出什么问题。我立刻决定认真找房子，尽快搬出去。

可是，我还是没有担保人。

2019 年 4 月，我的朋友豆来欧洲出差，她先去了博洛尼亚书展，之后来巴黎。那是我第一次见到她。在那之前，我们是网友。豆那时是一家出版公司的童书编辑。她的老板 W 先生也在巴黎，要去一家法国出版社谈生意，问我愿不愿意给 W 先生做翻译。我答应了。W 先生之后曾多次给我打电话。有一次，我说起在找房子，巴黎的房子没有担保人几乎找不到。他说他在巴黎有很多朋友，可以帮我联系一位做我的担保人。他后来联系的担保人就是布鲁诺·巴贝先生（Bruno Barbey）。

2019 年 4 月，我在给 W 先生做翻译时曾见过巴贝先生一面。那天 W 先生结束了与出版社的交涉，决定在巴黎随意走走，让我带他逛逛书店。我带他逛了宿舍附近的一些书店。那些店我常经过，有的进去过，有的只是路过。想起去健身房路上有一家书店，决定带 W 先生去看看。

在橱窗前，W 先生指着一本书的封面说："这本书的中文版是我们做的。"他说想进去看看。这是一家出版社兼书店的书店，巴黎有不少出版社兼营书店。这家出版社店面不大，名为太平洋出版社（Les éditions du pacifique）。我后来才知道 W 先生认出的那本书是巴贝先生的摄影集。

我跟编辑说明来意，W 先生想看看有没有什么书可以引进做中文版。编辑虽然惊诧，但还是让我和 W 先生坐下来，还拿出很多书，去里面把太平洋出版社的老板米耶先生（Didier Millet）叫了出来。大概是因为 W 先生和太平洋出版社都出版了巴贝先生的摄影集吧，W 先生又是远道而来，编辑没有拒绝突然的来访。在法国，凡事讲究预约，贸然登门往往会吃闭门羹，幸好米耶先生不拘小节。他展示引以为豪的水彩画系列，还把私人收藏的摄影集拿出来给W先生看。

米耶先生接了一个电话，他聊了几句以后对电话那一端说:“你知道吗？出版你摄影集的中国出版公司的老板和他的翻译正在我这儿。”原来是巴贝先生打来的电话。他们马上决定跟W先生一起吃晚饭。巴贝先生马上来太平洋出版社，米耶先生负责订一家餐厅。

后来我才知道那天是米耶先生的妻子的一周年忌日，作为老友的巴贝给米耶打电话是为了问候，没有想到W先生也在。米耶先生得知我和W先生是偶然进了太平洋出版社也很吃惊，他以为我们是特地去的，以为是出版巴贝作品的中国出版公司想来出版巴贝作品的法国出版社看看。

那顿晚餐之前，我对巴贝先生一无所知。那之后我知道他是摄影师，曾任玛格南摄影通讯社社长，是法兰西学院美术学院（Académie des Beaux-Arts de l'Institut de France）的院士，曾拍摄1968年“五月风暴”。很多有关中国的彩色照片都出自他的手。W先生让我找巴贝先生要一张名片。巴贝先生说他没有名片，从钱包里掏出了狩猎许可证，在上面写了他的邮箱地址和电话给我，他说:“反正今年应该不去打猎了。”

巴贝先生只在那次晚餐见过我一面。晚餐结束以后他开车送W先生回酒店，也送我回宿舍。他开车很稳，一路上还在讲路过的街道的典故。

我没有想到他竟然答应了为我担保。

我们通了电话，他陆续发来做担保人所需的种种材料。后来发现还缺财产证明的材料，他给了我一个邮箱地址，让我联系那个人。我以为这人是巴贝先生的助理，认定了这是个女士，在写邮件抬头时写了“尊敬的女士”。我跟这位“女士”发了几轮邮件，后来接到电话，才知道，啊，这不是一位女士！是一位男士，不是助理，是税务律师！顿时为自己先入为主的偏见羞愧。我拿到了所有材料，还是感觉很不真实。啊，我居然也让一位院士当了担保人。

有了担保人以后，看房时中介的语气都不那么高傲了。虽然他们也会问一句：“那您的担保人住在法国吗？”我马上回：“对呀，住在法国呀。”房地产中介对担保人极其苛刻，最好是住在法国的法国人，万一出了租客拖欠房租的情况，这样才方便追款。中介代理人看了我的担保人的材料便不再诘问我。看了三个房子，我收到中介的邮件，他说他们选中了我，如果我愿意，可以签约。还是一副高傲的神气。没有办法，在巴黎租房就是这样，中介是老大，签约日期也是中介指定，2020 年 1 月 23 日。我抱着试试看的心情问巴贝先生是否有空，他马上回了邮件，说有空，而且说了具体的时间段。我跟中介说了一下，中介同意了。

1 月 23 日傍晚，我站在中介事务所门口等巴贝先生。

中介事务所位于蒙巴纳斯，紧邻一条环路，车流量很大。我四处观望，猜不出巴贝先生会从哪个方向来。忽然一辆黑色摩托车停在我面前，驾驶位的前方、上方和后方都有遮挡，驾驶者被包裹着，似乎比一般的摩托车安全。原来是宝马的摩托车。驾驶者从摩托车上下来，摘下黑色的头盔，啊，原来是巴贝先生！ 79 岁骑摩托车，太酷了！

我们一块儿进了中介事务所，中介大叔头一次跟我说了“晚上好，女士”。他之前跟我打招呼都不加“女上”这个表示礼貌的称谓。合同顺利签完，巴贝先生邀请我去附近的咖啡馆坐一会儿。他搓搓手，说骑了一路摩托车很冷，得喝点热的。他点了一杯热巧克力。

他问起我的专业和论文主题，我说我研究一个修道院的经济情况和他们的理念，他问我为何选这样一个题目。我已经习惯这种吃惊的反应，每次说起我的论文，对面的法国人都是这样，他们仿佛在等着我给他们一个解释，要我证明我做这项研究的合理性和正当性。我搬出了我在一次次回答的过程中逐渐锻造得趋于完美的答案，没想到他说：“其实我是新教徒，结婚时，卡罗琳家是天主教徒呢。”他说可以介绍我去法兰西学院（Institut de France）的图书馆，他听说那边有很多中世纪的手抄本。

他掏出手机给我看一些他即将在中国举行的展览的照片。他用的是屏幕很大的 iPhone。我近几年没有关注手机的更新换代，已经认不出具体是什么型号。此前我还以为专业的摄影师可能不喜欢用手机拍照。我想起在 iPad 上作画的英国画家大卫·霍克尼（David Hockney），他是 1937 年生人，与巴贝是同一代人，因为诺曼底的花比英国约克郡的更多而搬来法国。他在疫情期间被采访时还与听众分享他对春天的感受，给大家鼓劲，说要怀着希望。被问到为何开始用 iPad 画画时，他说："因为真的很方便啊！"在艺术家那里似乎没有传统与现代之分，他们只选择适合表达自己的工具。

巴贝先生说 4 月要去北京办摄影展。喝完了热巧克力，他说："我得走了，我一会儿要去跟朋友吃晚饭，哈哈，要穿过整个巴黎。"从咖啡馆出来，他跨上了摩托车，跟我摆摆手。我抱着一摞刚签好的租房合同走回宿舍。那竟是我第二次也是最后一次见到巴贝先生。

2020 年 3 月 17 日法国开始第一轮封禁。我庆幸自己搬离修道院的宿舍，租到独立的小公寓。但还是感觉很不真实，3 月初马克龙还在呼吁人们不要放弃生活，要去剧院看戏，要上咖啡馆喝咖啡。那之后没几天，他发表电视讲话，宣布大中小学即刻关闭，也宣布了封禁措施。

2020 年 3 月初，W 先生曾托我联系巴贝先生，问他是否需要口罩。W 先生想从国内寄一些给他。巴贝先生表达谢意，回答暂时不需要。3 月底，巴贝先生让我联系 W 先生，他想要一些口罩。我在两边传话、做翻译，把巴贝先生的地址告诉 W 先生，之后他寄出了口罩。当时法国因口罩、手套等医疗物资紧缺，宣布一切医疗物资归国家调配，并有权征用物资。那时在药店买不到口罩，人们说要把口罩留给医护人员。在路上戴口罩会被人白眼，仿佛浪费了医护人员的物资。

寄给巴贝先生的口罩被征了关税，他打电话给我，说搞不定网上支付，请我帮他代付。几天以后我收到了他寄来的支票和感谢卡片，卡片上的照片是他的作品。那是我人生中第一次收到支票。付清关税，他顺利收到包裹。他发邮件问我是否需要口罩，可以分一些给我。我当时还没有用完朋友从国内寄给我的口罩，便说不用了。我在网上看到了他的新作品，他拍了封禁时期的巴黎。

2020 年 5 月中旬法国解封了，10 月底法国第二次封禁。我又一次开始待在家里，看书、写论文、上网课，日子好像还在继续。11 月 4 日是一个周三，晚上 5 点到 7 点我上一门线上课程，中间接到巴贝先生的电话。我问他有什么事，我在上网课。他说一点也不紧急，之后给我发邮件。我说两小时以后给他回拨电话，他爽朗地说：“你什么时候方便，就什么时候打给我。”

很快，我收到了他发来的邮件，原来是要我帮他翻译一段视频里的中文内容。青岛正在举行十位法兰西学院院士的作品展，其中有巴贝先生的摄影作品，电视台做了关于展览的专题节目。他想知道节目说了什么，让我概括地翻译一下就好。

下课后，我给他回电话，他说："我现在正在超市排队等着结账,不能跟你说太多。你去过青岛吗？我去过好几次，很喜欢。这次在青岛办展览……"之后轮到他结账了，他挂了电话。那是我最后一次跟他通电话。

两天以后我把视频的翻译做好了，通过邮件发给他。11 月 7 日一早，巴贝先生回了邮件给我，他写道："谢谢你的翻译，帮了我大忙。青岛是一座有魅力的城市，我去过好几次。希望我们可以很快见面，请你保重，周末愉快。"

2020 年 11 月 9 日下午，我的朋友打电话给我，说她在离我家不远的图书馆自习完刚出来。我正好刚烤了苹果派，决定去找她。我把一个苹果派给了朋友。在公园里，我收到 W 先生的微信，很短的一行字。"巴贝去世了。"5 点钟天黑，公园管理人吹哨，公园要关门，我们各自回家。到家后，我在网上查新闻，看到了巴贝先生以前的同事发的讣告。半小时以后《解放报》发表了巴贝先生去世的文章。

这就是我与巴贝先生短暂的交集。他慷慨地帮助我，为我担保，对只见过一次的我给予如此重大的信任。签完合同在咖啡馆聊天时，他说起他去中国的经历。1973 年，他随时任法国总统的蓬皮杜去中国，曾与周恩来见面。当时他问做翻译的女士："中国有多少你这种水平的法语翻译？"翻译回答他，11人。他又感慨："现在你在我面前，一个法语说得很好的中国学生，在巴黎学法国历史。时代啊！"

巴贝先生去世后，我在网上粗略地了解了他的一生。那是我原本期待当面听他讲述的。搜索时看到了他的一句话："摄影是一种世界上所有人都懂的语言。"我觉得他说得没错。

2020年11月

电脑作为书写工具

我与电脑最初的接触是 1999 年 1 月。当时我正上小学一年级，放寒假时，妈妈把我带去少儿中心，报了一个初级的“微机班”。那时，人们还不太说“电脑”，而是说“微机”，是为“微型计算机”的简称。当然，与现在的电脑比起来，算不上“微”。当时的电脑主机在桌子上占很大的面积，一个鼓鼓的箱子前面贴着一片屏幕，主机被放在桌下，键盘被放在可伸缩的抽屉式板子上。那时，有一种家具叫电脑桌。

那时，我家里并没有电脑。不过当时没有的东西还有很多，我当时住在城乡接合部的平房，连自来水都没有，妈妈带着我去井边取水。我仍记得夜里跟妈妈一起去院子里压井的场景，月亮很亮。我跟妈妈把接回来的水倒进水缸里，然后往水缸里放明矾，让水中的杂质沉淀。当时我妈妈还没有明矾对身体有害的意识。多年后，她知道了明矾对身体有害,也知道了很多油条里有明矾。她开始禁止我吃油条，像是在弥补之前那些年为了净水摄入过多的量。

初级的微机班确实很初级，我在一个月的时间里学习基础的计算机知识——计算机由什么部件组成、计算机的发展史，然后学习盲打。一周去几次呢，我记不清了，大概是两三次吧，都是上午。妈妈送我过去，然后等我下课。我在美式键盘上打字母，试图记住每个字母的位置。当时，我还没有学英文。老师告诉我们,手必须放在正确的位置上，左手食指放在F键上，右手食指放在J键上，双手的四指要放在中间这排字母上,两手的拇指放在空格键上。我学会了。还记住了“上档键”“控制键”等当时我并不太明白的词的意思。我至今都不明白妈妈当时为什么让我去上了这个微机班，这与她日后对电脑的态度截然相反。

过了两三年，因为一个偶然的机会，我有了一个键盘。当时，我大爷家开一家食杂店。我上大学以后才意识到“食杂店”和“仓买”等词是确确实实的东北话，甚至可以说是哈尔滨方言。跟其他地方的同学说，大家都不明白。食杂店类似小卖部，卖食物、烟酒、日化用品等，日常生活中所需的东西大概都能买到。大爷家的橱窗上贴着请人做的美术字。那时美术字是用壁纸刀在贴纸上裁下来的，在裁之前，师傅要自己在贴纸上画出字形。在电脑没有普及的年代，贴美术字是个实打实的技术活，想干这一行需要写字好看，又有动手能力。大爷家食杂店橱窗上的美术字是“烟酒糖茶、副食罐头”。

大爷家跟各种供应商打交道，进货，上货，配齐这个街区的人可能需要的东西。有一次，一个供应商送了一台游戏机给大爷，因为进货超过了一定的额度，算是赠品。是那种需要连在电视上、插卡的游戏机，不仅有两个手柄（当时我们称之为“舵”），还有键盘。游戏机自带的游戏包括打字游戏：天空中掉落各种各样的字母，玩游戏的人在键盘上按下相应的键，就可以击落字母。游戏的目标是尽量不让字母“落地”。我当时觉得很有意思。在我姐不肯把游戏卡借给我的时候，我便玩这个游戏打发时间。妈妈非常生气，她觉得我要把眼睛弄坏了，还觉得我玩物丧志，于是禁止我玩游戏机。我与她对抗，以打游击的方式偷着玩游戏。听到有人要回来了，我就关机，迅速地收拾现场，恢复原样。妈妈也很机智，她伸手摸摸电视机，电视是热的，我暴露了，于是又挨骂。当年的电视也很大，或者说是很厚，真的让人觉得是台机器。这段经历我很少与人提起，极少有人知道我爱玩游戏。2018 年夏天，我去朋友家做客，朋友的丈夫拿出 Switch，说可以一起玩。我这才知道原来超级玛丽已经有了 3D 版本。拿起 Switch 的手柄，学习一下如何操作，很快就玩得很上手。朋友的丈夫非常惊讶。我确实看起来不像是曾经沉迷游戏的人。

小学三年级开始，学校开设了微机课。课程分为理论部分和上机部分，大家都很期待上机课。机房里摆着成排的电脑桌，要戴鞋套才能进入机房。这种做法一直持续到了我的高中阶段。不戴鞋套就不能进入机房，我时常忘记。不得不临时去买，或者找隔壁班的同学借。上微机课是件严肃的事，老师在课上讲计算机发展史，世界上第一台计算机、埃尼亚克、宾夕法尼亚……我模糊地记得这些词。当时拼音输入法尚未普及，小学时计算机课很大一部分内容是学五笔输入法。需要背字根，知道每一个键对应什么偏旁部首，“王旁青头戋五一”——我还记得口诀的第一句。文具店里卖印着字根的纸质键盘，很厚的卡纸，用凹凸的方式模仿键位。我买过这样的卡纸键盘，在家里练习。我虽然能打字，但是很慢。有时打不出自己想要的字，因为记不住字根的组合方式，或者自己拆解字的思路不对。

上初中以后，我开始用拼音输入法，一下子感觉轻松了许多。我会打字了，打字不再是一件困难的事。当时，路边还有专门给人打字的店，叫“打字复印店”。人们拿着手写的合同或文稿，请店里的人帮忙打出来。如果需要纸质版，店里的人会帮忙打印；需要电子版，就交给店里的人一张软盘。如果自己没有软盘——也可以在店里买。当时，我偷偷摸摸地看了不少“青春文学”，也开始写小说，在纸上写，然后送去打字复印店，请店里的姐姐帮忙打成电子版。我当时很害羞，觉得自己写的东西就这样被人读到了，但也因此跟打字的姐姐混得很熟。攒下的零花钱一部分用于买青春文学杂志和书，一部分用于支付打字费。

初二时，我婶开的蛋糕店扩展业务，她买了一台电脑，也开始帮人打字。她还买了相机，学摄影，给人拍证件照，还给小孩拍百天、一岁等的纪念照。我常常找机会去她家。在她不用电脑的时候，我用电脑，开始自己打写的小说。当时，还没有宽带上网，我婶家用的是拨号上网。用一根网线连在电话座机上，上网的时候，电话就会占线。出现过有人有急事找我婶但电话打不进来的情况，我因此挨了骂。上网并不便宜，按时间计费，网速也不那么快。我婶对我十分纵容，允许我上网。我申请了一个博客，开始写。写的内容不过是哼哼唧唧的初中生烦恼。后来那个博客的运营商（不是博客大巴）倒闭了，我无法登入，当时写下的东西都不见了。这几年得知有个网站是互联网世界的档案馆，存有很多网站的截图，我试着输入了我的博客地址，居然真的有一个截图，我迅速保存下来了。

上高中以后，我家依然没有电脑。搬家以后，父母在选购家具时，特地给我买了一台能放电脑的桌子。桌子有一个能拉出来的抽屉，理论上上面是放键盘的，但大部分时间我都用来放父母禁止我读的闲书，读书的时候把书放在这上面，如果父母突然往我的房间走，我就迅速地把抽屉推回去，装作正在认真学习。当然，我被抓到过好多次。妈妈痛心疾首，觉得青春文学都是大毒草，觉得我堕落了，已经没得救了。我偷偷买《岛》《最小说》，郭敬明的书我都读过。读高中以后，我开始读安妮宝贝，从《莲花》开始。上大学时，我曾跟人说起喜欢安妮宝贝，对方大为震惊，觉得我没有品位。后来，我便偷偷地读。这几年，我想开了，我才不怕被人觉得没有品位呢。安妮宝贝，或者说改了笔名以后的她，庆山，就是写得很好。我喜欢！我的那张桌子底下也有当时的电脑桌都有的放主机（巨大的机箱）的部件，像个小推车，底下带轮子。因为我根本没有电脑，那个部件上只是堆了些杂物。

高二时，我有了第一台电脑。高二那年需要参加会考，一共有十几门，都要考。我们都知道这个会考并不难，准备一下就能通过。会考不具有选拔性，但是为了参加高考，仍需要通过会考。会考中有一门就是计算机。当时，人们已经开始习惯用“计算机”这个词，“微机”不太有人说了。为了准备会考，当时学了 Flash、PS 等软件。为了通过会考，需要用电脑做很多练习。可是，我没有电脑。妈妈不知用什么方法搞来了表妹的笔记本电脑给我用。据说表妹正准备买新的笔记本电脑，于是就把旧的那台给我。虽然是旧的电脑，但是我一点都不嫌弃，非常珍惜。是华硕的笔记本电脑，很厚、很重。可是我当时觉得真是好极了。

我一直没有自己的电脑，一是因为当时电脑还很贵，二是因为我父母都对电脑抱有消极的态度，他们认为电脑不是用来工作的，而是玩具。他们说起电脑时用的词是“玩电脑”“打电脑”，好像电脑就是高级的游戏机。电脑跟青春文学一样，都是大毒草。为了会考，他们不得不让步。我妈还给家里装了宽带。当时办的不是包月套餐，而是寒假和暑假的四个月可以无限量使用，其他月份有一定小时数限制的套餐。当时，我住校，每周末才回家，这个有限制的套餐对我来说也够用了。我通过了会考。

会考以后，电脑和宽带都留下了，非常幸运。上高三以后，换到了老校区，没有宿舍了，不需要住校了。我家离学校不远不近，坐公交车也不算费时间。但当时哈尔滨开始修地铁，从学校到我家的干道都被挖开了，公交车改道、绕路，于是坐公交车变得非常不便。我爸妈思考了一段时间，决定像其他很多家长一样，在学校旁边给我租了房子。于是，我平时住在这个房子里，周末回家。周末回家的两天，我抓紧机会用电脑。当时，有迅雷等种种软件，还有优酷网和土豆网。每周我都迫不及待地看柏邦妮的博客更新，还有其他很多别的博客，我还去刷单向街图书馆的网站。那时，我完成了最初的文艺启蒙。我开始在网上找那些住在北京的作家、公共知识分子提到的电影，在卓越亚马逊订购他们提到的书。我当时读熊培云、刘瑜和殳俏，每周去学校旁边地下室的书店买《三联生活周刊》和《南方周末》。同学买其他杂志，我们凑在一起换着看。那段时间，我看了好多法国电影，多么闷的文艺片我都能看进去。当时，我还没有想到我日后会学法语。我又开始写博客，换了一个大一点的运营平台，写高中生的烦恼。

高考以后，我考得虽然不如预期的好，但也勉强上了想上的大学。父母似乎也松了口气，不再管我读什么书。高考成绩出来以后，我拿着高三的笔记，坐在学校外面摆摊，卖笔记的复印件。当时这是每年夏天的一景，高考后学生们在高中外摆摊卖笔记。我卖得还不错，本地电视台记者采访了我,姥姥打电话说在电视上看到我了。我摆了几天摊，卖了一万多块钱。对当时的我而言，堪称一笔巨款。我想买什么书就可以买什么书，也没有人管我看什么书了。我还能自由地上网，夏天到了，宽带没有小时的限制了。妈妈劝我再去摆摊几天，说可以再赚一些钱。我没有听她的，我觉得大夏天在外面坐着好热啊、好晒啊。不去了，不去了，一万多不少了。

那个暑假，我爸带我去买电脑。这回，我要有自己的电脑了。我爸带我去电脑城，我们去得很早，电脑城还没有开门。电脑城一楼有个麦当劳开着，我拉我爸进去了。点了6元的早餐套餐。我爸一向对肯德基、麦当劳没有好印象，认为快餐也是大毒草。那是他第一次进麦当劳。上高中时，我觉得麦当劳也是文明的象征。巴黎的咖啡馆我去不了，就去麦当劳喝咖啡，当时还能续杯，一杯咖啡能喝一下午。我坐在麦当劳里想象巴黎。当时我读了林达的《带一本书去巴黎》，对巴黎迷得很。我是在省图书馆借的这本书，读了好几遍。后来我过生日，语文老师送了我一本，扉页上还印了他的印。我在电脑城一楼的麦当劳里，坐在我爸对面，忽然感慨了一句："这是你第一次吃麦当劳。"

电脑城开门了，我跟我爸进去。我很快就决定了买索尼的VAIO。当时VAIO系列是很秀气的笔记本电脑，很好看，价格不便宜，大概是8000块。交完钱，售货小哥忽然跟我爸说，他刚才在麦当劳里，听到了我们的对话，跟我爸说："这是你第一次来麦当劳。"我跟我爸都很尴尬。那是2010年。

我带着自己的笔记本电脑去北京上大学。本科阶段学了文科计算机课，平时需要用的软件都用得很溜了。现在想来，那台索尼笔记本电脑其实挺重的，但是当时我一点没觉得。我背着单肩包，因为觉得双肩包太丑。当时我虚荣得很，尚未建立起务实的思考方式。电脑就装在我的单肩包里，我背着它去上课。那时我有好多课，我在一个需要同时在两个系上课的联合培养项目里，同时还上了一个双学位。经常一天上8小时的课，一天上10小时的课的时候也有。不仅要上课，还要写作业，很多课都是期中要交读书报告，期末要交论文。一学期下来，有很多东西要写。我在没有课的时候，就在图书馆或者是校园里的咖啡馆找个地方坐下，打开电脑开始写。现在想想，不知道当时是怎么撑下来的。我导师后来曾在一门课上提起我，当时我不在场，是在场的其他人转述给我的。我导师当时说："她上好多课啊，我天天都担心她要挂科了，结果最后她都没有。"也不知是夸我还是骂我。

那时，为了赚点去吃喝玩乐的零花钱，我还给一份报纸写专栏，有一段时间是周刊专栏，每周要写 3000 字。这些东西，我都是用那台 VAIO 电脑写出来的。因为专栏是周刊，每周都能收到稿费单子。当时的报社还很古早，用的汇款方式是邮政汇款。绿色字体的汇款单子被送给寝室楼长，楼长阿姨在黑板上写下我的名字。每次在"汇款"那一栏看到自己的名字都很开心。拿着身份证，去学校里的邮局兑稿费。当时确实赚了一些钱，不是大钱，但是对当时的我而言，已经很愉快。可以出去吃吃饭，还能去看电影、看话剧。

读硕士以后，有了奖学金，手头有些钱。2015 年年初，我买了一台苹果电脑，13 英寸的 Air。是室友推荐的。我收到以后，她手把手地教我触控板的用法。我很快爱上了自己的新电脑。在我用 VAIO 的年代，周围已经有人用苹果电脑，但人不算很多。当时苹果产品仍是贵的同义词，是紧俏、时髦玩意儿。人们买苹果手机还要刷机。拿着iPad切水果的同学，在我看来，简直太酷了。苹果电脑掀开屏幕以后就自动开机，太酷了，而且屏幕后面的苹果形状的灯会亮起来，实在是太酷了。叮！灵光一闪。我每次看到那个亮起的灯，都很羡慕。然后，我终于买了一台苹果电脑。买完没多久，系里有法国学者来做讲座，我去做口译。说是口译，也不完全是口译，因为会提前给稿子。完全没有稿子的部分只有讲座以后的问答环节。我在讲座之前，要把讲座老师发来的稿子先翻译成中文。那时，我便用新买的Air翻译。Air如其名，又轻又薄。我非常喜欢自己的新电脑。我也觉得这个新电脑给我带来了好运气，我因为做口译，赚了一些钱，赚出了买电脑的钱。那台VAIO我放在一边，不再用了。

硕士快毕业时，我接到了我妈的电话。她让我把VAIO寄回家。我上大学以后，我爸开始用表妹给我的华硕笔记本电脑。曾经视电脑为大毒草的我爸意识到电脑是正经的劳动工具，因为他所在的公司开始用电脑处理业务了，他也不得不学。公司办了些培训，我爸学得很慢，他经常找我，让我给他补课。我的心情很复杂，一方面觉得：嘿，你也有今天，电脑根本不是玩具，之前你们不让我用电脑，现在我也不想教给你；一方面又觉得我爸很不容易，工作需要用，他又不会。他错过了计算机发展的这些年，因为他之前完全抗拒计算机。

上高中时，我的好朋友有5位数的QQ号，我当时很震惊。她告诉我她爸在1995年就买了电脑。我爸呢，1995年他大概都不知道这世界上有电脑。我开始教他。他理解得很慢，他不明白很多概念。什么是桌面？为啥这是桌面？啥？这是文件夹？打开一个文件以后，他焦急地问："刚才那个文件夹呢，没了吗？"我当时很没有耐心，也不具备解释清楚这些概念的能力，我凑合地把自己在计算机课上学来的东西笼统地教给他。他也觉得不开心，因为要承认自己很多东西不会，在女儿面前没面子。他时常发火。他一发火，我就更不想教他了。很多年以后，我才明白：计算机用语很多来自生活，却跟日常生活中的用法不一样，那些术语是从日常生活中的概念里抽象出来的。计算机确实需要一种能联想和想象的思维，需要想象出一个虚拟的空间。一个文件夹打开以后，它并没有消失，只是暂时不显示了。

在我妈打电话给我之前，我爸对电脑的愤怒爆发了。他搞不定，一气之下，摔坏了那台旧的华硕笔记本电脑。我妈打电话让我把我不用了的那台VAIO寄回家。我心情十分复杂，包好了电脑，去学校里的快递点寄了电脑。从那之后，我没有再听我爸提起过电脑的事。他似乎终于屈服了，意识到了电脑不是游戏机。

2015年买的那台Air陪伴了我很久，直到上周，我把它送去苹果店回收了。一共用了7年。回收以后，我得到了一张 90 欧元的礼品卡。

2015 年，我当时的男友在用一台极其缓慢的 Thinkpad。他时常因电脑不好用发火，我劝他换苹果电脑，他不太愿意，理由是用惯了 Windows，苹果的系统用不习惯。后来我说了狠话："如果你愿意将就一个慢得要死的破电脑，就别抱怨了。"我觉得用好的工具能提高效率，花钱是很值得的。后来，我终于说服了他。他买了一台 12 英寸的 MacBook。再后来，他成了每次苹果发布会都提前几个月开始期待的"果粉"。他还买了一台 24 英寸的 iMac。出差的时候，他抱着 24 英寸的台式机坐飞机。空姐过来问他："先生，您这抱着的是电视吗？"

我非常羡慕屏幕很大的台式机。之前曾看友邻发猫的照片，猫趴在 27 英寸 iMac 边。大概是因为猫，台式机显得更好了。我非常想买，但手头不宽裕，一直也没能狠下心去买。2020 年 11 月，法国开始第二轮封禁。我觉得我必须买台式机了，因为一直要在家，有一台好用的台式机会非常方便。下定决心以后，我迅速去店里买了一台 27 英寸的 iMac。我本来不想买带鼠标的版本，因为听说鼠标很难用，但是配触控板的版本要等几个月才能发货。我当时很急，于是将就着买了带鼠标的版本。当时，我还没有想到这个鼠标会给我带来多大的麻烦。

几个月后，十年都没有用过鼠标的我，因为这个不怎么好用的鼠标，食指关节发炎了，红肿，疼痛。我几乎没法打字了。曾经引以为傲的盲打技能成了阻碍。多年打字形成的肌肉记忆让我没法在不用食指的情况下打字。我去看了关节专科医生，拍了X光，又拍了彩超，医生告诉我骨头没有问题。在询问了生活习惯的诸多方面，医生确认了我不拉小提琴、不弹钢琴、不织毛衣以后，医生非常困惑我怎么会把手指搞成这样。我跟她讲，我在我的母语里算是个作家，写很多东西，用电脑。她一下子明白了，她劝我去买个触控板，别再用鼠标了。于是，我去买了触控板。她还劝我多休息，尽量不用手。可是，这怎么能做到呢？从食指出问题到现在，过去一年多了。情况好了一些，但仍然没有好利索。打字多一些的时候，仍会犯病。但是，有时脑子里有很多句子，多到都要冒出来的地步，我就必须打开电脑来打字——拿一个容器把这些句子接住。现在想起来，邓布利多的那个冥想盆真是个不错的东西，拿魔杖就能把自己的回忆和思想吸出来，放到冥想盆里。不用打字就可以做到，多方便！我要是也有一个冥想盆就好了。

最近，我看到了一篇名为《她们自己的房间》的访谈。1928年，伍尔夫在剑桥的演讲提到女性要写作，就需要有自己的房间。然而，现在看来，只有自己的房间是不够的。女性想要写作的话，需要自己能掌控的空间和时间。近100年过去了，一些女性作家有了自己的房间，正如这篇访谈中所展示的那样。五位女性作家分别跟她们的书写工具合影，有两人是在自己的书房里用 iMac 写作的，分别是川上未映子和 Timothy O'Connell。看到这两张照片我非常感慨。我在 2020 年秋天之前，几乎没有想过写论文以外的东西。2020 年秋天开始，一是自己的心情发生了变化，二是因为买了 iMac，我非常有动力写东西。于是开始写。想起之前看的电影《世界上最糟糕的人》。电影里的女主角最初跟一个男人同居，她没有自己的桌子，拿着笔记本电脑在餐桌上工作。电影的结尾，女主角找到了自己要过的生活，开始独居。她有了自己的工作台，她还买了一台 iMac。这两个细节让我印象深刻。如果说在伍尔夫生活的时代，一个想要写作的女性需要一间属于自己的房间，现在或许还需要一台 iMac。

我买 iMac 的初衷其实是读史料，尤其是读手写的文书和档案。虽然我也在档案馆就地看，但是很多材料仍然需要拍照以后在屏幕上看。我买 27 英寸的 iMac 本来是为了做研究的。其实，我在 2020 年秋天之前，从没想过自己能写论文以外的东西。虽然在那之前，我也写过一些东西，也发表过一些论文以外的文章。但是，我对写论文以外的文章仍然有很重的愧疚感。写论文以外的东西,在严格的学院氛围里，被认为是不务正业。我一直被这种气氛影响。

可是在买了 iMac 以后，我发现我有了写作的冲动。我在新电脑上敲下的第一篇文章是关于《包法利夫人》的一些思考。在那篇文章里，我写道：如果包法利夫人没有结婚呢？从那以后，我开始写论文以外的东西了。

我的朋友豆当时在一个公众号工作，我之前跟她讲过自己去绘本图书馆的经历，她鼓励我把这些事写出来。我写了，发在了她负责的公众号上。从那以后，我写了好多东西。2021 年春天，还开了个专栏。有出版社找过我，说想出我的书（虽然后来编辑临时决定跟我解约，书没了）。我一直觉得，我是因为买了 iMac 才成了作家的（不过考虑到那个难用的鼠标，这句话我也说不出口了）。我之前一直不好意思跟人说自己在写东西，也很少跟人说自己是作家。但是在右手食指出问题以后，我开始跟人说我是作家了。前一阵子，我又跟人吹我是作家。对方也很机警，马上问我："那有人出版你的书吗？"看来法国人里有不少人称自己是作家。我说："我的书差点被出版了。"这问题问得可真是时候，唉。

虽然书没有出来，但是我已经确定了自己的心意。我还没有放弃文字，还没有放弃通过写东西来表达自己，那我就是个作家。我还要继续写。今年 3 月，我得知自己去年写的一篇文章要发表了，非常高兴。估计稿费要来了，便在收到稿费之前就去花了。

那天下午，我去看了场电影——《红》。出来以后忽然觉得很想买电脑，于是坐着地铁就去了苹果店。我本想买

16 英寸的 MacBook Pro，掂了一下发现太重了，果断放弃，仍要买 13 英寸的 Air。我跟店员小哥打招呼，我说我要买 13 英寸的 Air，他问我要什么颜色和内存，我说要银色，但是内存不确定买多大的。他问我平时都用电脑干什么，用不用特殊的软件。我说就写写东西，用 Word，不用啥别的特殊的软件。他问我："那你玩游戏吗？"我说："不玩。"我从来不在电脑上玩游戏，这一点之前也让很多人震惊过。我刷微博、豆瓣会用手机，看电影用 iPad，开电脑的时候就是工作，不是读，就是写。电脑之于我，完全没有娱乐功能。他说 256G 的就够了。我不太确定，掏出了旧的 Air，打算看看是多大内存的。打开一看，是 128G 的，完全放心了。我说："那就要 256G 的。"

他看到我的旧电脑，说："现在我们没有这种键盘的，行吗？"我说："完全没问题。"我对键盘没有什么要求，小学时练出的盲打和对键位的熟悉让我不论什么键盘都能打字。英文键盘、法文键盘，都没有关系。想起彼时的男友一度沉迷于买键盘，我说："写不出来东西就不要怪键盘了，写不出来东西是脑子的问题。要是能写，什么键盘都能写。"我还真是刻薄。我迅速买了，付钱时也很平静。1016 欧元，学生优惠价，比我想象中便宜。最近两年几乎没有买衣服，也完全不化妆，开销大大降低。偶尔需要花钱的时候，即使金额很大，也花得十分平静。小哥很好奇地看着我，递给我电脑时说了一句“félicitations（恭喜了）”。我穿着一身旧衣服，背着新电脑。这感觉简直太好了。

买了新电脑以后，效率大为提高。屏幕比 7 年前的型号好多了，清晰很多。屏幕的边框也小了。虽然都是 13 英寸的屏幕，但是现在的型号比 7 年前的型号小了一圈，也轻了一些。一位友邻知道我买了新电脑以后，也想买，但是她犹豫是要买 13 英寸的 Air 还是 iPad 配键盘，她不确定能不能用 iPad 写东西。我一下子想起了日剧《生呀死呀父亲呀》里的女主角，吉田羊演的女主角是个随笔作家，她在家写作时用的是 16 英寸的 MacBook Pro（我就是因此想买 16 英寸 Macbook Pro 的，最后因太重而放弃），在外写作时用的是 iPad 配键盘。我甚至又重新看了一集这部剧，截了图。友邻后来买了 iPad 配键盘，她说尝试一下新东西感觉很不错。

上周，我收到了翻译的稿子的校样。我是个事多的人，虽然会被人烦，但我还是坚持看校样。就算被人觉得事多，也无所谓。我现在是有这种觉悟的。我花了一周时间在 PDF 上标我的反馈意见，用电脑标。标的过程中想起了去年因为那本最终没有出版的随笔集付出的时间和劳动，那时我也在一轮一轮的审校文件和排版 PDF 上标自己的意见，不想自己写出的东西被人随意改动、扭曲，付出巨大的努力捍卫自己写的东西。虽然最后没有结果，这些捍卫都很徒劳，但我自己觉得不后悔。朋友说：“我要是像你这样没有钱，她们怎么改，我都接受。”哈哈，听到这句话，我还觉得自己挺厉害的。我还没有放弃坚持自己的表达习惯、语感和个人风格。

上周六上午，我忽然想到我是不是可以买个 iPad。问了画家豆，她说很好用。又想起友邻刚买的 iPad 和键盘，她很喜欢。我决定出门去买。我居然用电脑标了一年 PDF 文件以后才意识到可以买 iPad 配手写笔，真是迟钝啊。到了店里，我掂了一下 iPad Pro 和 iPad Air，感觉差不多重。正在掂，店员小哥来了。我说就要 Air 吧，最小内存的就可以，再加手写笔。小哥很震惊，我这么快就决定了。小哥问我是不是画家。哈哈，我穿着一件湖蓝色的外套，很宽大，工装风，口袋很大。这件衣服最初我是看到画家豆穿的，我当时特别喜欢，问了她是什么牌子的，去买了同款。之前穿这件衣服，曾被路人搭讪，对方问我是不是艺术家。哈哈，这件衣服果然有艺术家的气场。我回答店员：“我不是画家，买这些只是为了标 PDF。”他说：“没关系呀，你已经有手写笔啦，没准以后你就开始画画啦！”他还跟我介绍了店里定期举办的 iPad 使用讲座。

在法语里 iPad 这类的平板电脑被统称为 tablette。我对这个词有其他的记忆。我最开始学到这个词是在有关书写的一门课上。人们在使用羊皮纸书写之前，曾有一个阶段是在蜡版（tablette de cire）上写东西。人们用一个尖笔在蜡上写字，那个类似笔的东西被称为 stylet。蜡版可以重复利用，写完以后刮一遍，又可以用了。而羊皮纸的出现也没有完全让蜡版消失，在法国国王路易九世统治的时代，他的官员用蜡版先打草稿，然后再把内容抄到羊皮纸上。我拿着 iPad，忽然想到这跟千年前人们用的蜡版差不多吧，都是板，tablette。我手里拿着的 Apple Pencil 跟那时人们用的 stylet 也差不多吧。绕了一大圈，千年前的书写工具与现在的书写工具在使用感上是相近的。大概是因为人在书写时用的依然是手吧，围绕手的使用感而产生的工具，形状自然地变得类似，因为要适应手的尺寸和动作。在 Apple Pencil 出现以前，我一度以为人们的输出会发展到完全依赖键盘的程度，手写可能会日渐退出。没有想到，键盘并没有完全取代手写，用鼠标在文档上标记也没有取代人们用手中的笔直接在文档上画一画。

买完 iPad，店员问我要不要保护套。我说要。正在店员跟我展示保护套的不同颜色时，我忽然看到了适用 iPad 的键盘。那个东西似乎也可以当保护套用。我问了一下价格，感觉也还好，就买了键盘。回家以后，我试着用新买的键盘搭配 iPad 写东西。我发现还是不适用，没法像吉田羊饰演的那个随笔作家一样用 iPad 写东西。因为这个键盘的键比较小，用起来感觉很多键都不在我习惯的位置上。面对这个键盘，我的肌肉记忆失效了，无法盲打。于是，当天下午我又去了苹果店，退掉了键盘。我决定买一个普通的保护套，iPad 还是用来划 PDF 就好了。

店员迅速帮我退了，并拿了保护套给我。我才发现这款保护套居然叫 Folio。它的样子确实像一页纸，从中间对折，包住 iPad。我想起了手抄本里的概念，folio，一整页纸。苹果公司里给产品起名字的人是不是学过古文书学呢？tablette, tablette de cire 或许还可以称为巧合，folio 用来给保护套命名，怎么也说不上巧合。法语里人们提起 folio，大部分人最常想起的概念大概是伽利玛出版社（Éditions Gallimard）的口袋书系列 Folio。folio 让人想起的东西，类似日文里的文库本。folio 的常用语意应该不是与羊皮纸手抄本有关的概念。

我有这些联想，是因为我学到一些词的语境比较特殊。面对这些词，我的第一反应是学术语境里的意思。因为一开始学到这些词是在学术语境里，在日常生活里再次接触这些词的时候，先是觉得有些异样，然后便会立刻联想到自己在课上学到的语意。比如，我在买 iPad 时，跟店员说我不是画家，我只是在 PDF 上做标记。对于“标记”，我用的词是 remarquer。而店员之后提起 PDF 的“标记”时，他用的词是 annotation。可是，我对 annotation 一词的理解还停留在文献课内。中世纪的学者在古代文本的抄本边缘做的笔记，那种东西在我看来才是 annotation。我自己在 PDF 上画画，也配叫 annotation 吗？听店员说完，我意识到这个词其实意思很广，日常生活中人们也用。我对这些词的情感是特殊的，是属于我个人的。可是，想想这些事，也觉得非常有意思。我仿佛掌握了很多秘密。

回家以后，拿起新的 iPad，开始写啊写。一下子回想起了这么多年与电脑有关的各种经历，于是把这些事都写了下来。电脑对我而言，是生产工具。在意识到劳动就要被剥削以后，我减少了很多花销，生活变得简单起来。如果我不需要很多钱，那么就可以少干一些活儿。如果不需要那么多钱，面对一些自己不那么想做的事情时，就有了不做的自由。不过，生产工具仍是必需的，而且要买最好的。在这方面，我完全不吝惜钱。1000 欧元也很平静地花出去。我觉得自己可真有钱。我有一些小小的迷信，我觉得买生产工具能给工作带来好运。正如 2015 年我买了新电脑不久就有了口译的工作那样，前一阵子我买完电脑以后就收到了稿费，而且稿费的金额几乎等于我的电脑的价格。这次买 iPad 呢，也会有好运的。我这样相信着。

2022 年 4 月

又及：

春天买的笔记本电脑和 iPad 确实给我带来了好运。这本书的出版就是好运之一。

2022 年 8 月

属于自己的时间

昨天起床后吃早饭、喝咖啡，刷掉洗碗池里前一天懒得刷的碗盘，整理衣柜，把夏天的衣服掏出来，把风扇从纸箱里拿出来，换床单、被套。做完这些事，已经是中午了。于是开始做饭，又吃饭。饭后又喝咖啡，休息。真正坐到桌前，有勇气开电脑，已经是下午两点半了。断断续续地写，中间吃了巧克力，又在房间里走来走去，下午5点就感觉脑子已经不转了。收拾一下，吃简单的晚饭，然后冲个澡，去看电影。算下来，一天里能工作的时间居然只有两个半小时。今天早上，又是类似的感觉。吃早饭，喝咖啡，洗衣服，去市场，晾衣服，把买了的水果处理好、放进冰箱，洗前一天剩下的碗盘。一上午又过去了。

我有自己的房间，独居，不伺候任何人，可只是把自己的生活安排得还算有序，就已经花去了一天里快一半的时间。我恍然觉得自己过的是主妇的日子，可是又马上清醒过来，如果说我是主妇，那我也只是我自己的主妇。一天里到底有多少个小时是属于自己的呢？

我对房间的整洁程度要求不高，远不及我妈妈。我妈妈或许有些洁癖，她每天要擦地两次，早上上班之前要擦一遍，晚上临睡之前还要再擦一遍。她近乎洁癖，指责我到处乱走，让地板上掉满了头发。她说："待在你的房间里，不要乱走！"我总是反驳："猫还掉毛呢！"我妈妈总是回："你又不是猫！"我妈妈从来没有养过猫，她说猫是奸臣，不好。我也从来没有养过猫。我们却常年重复这样一组对话。我有很多头发，这一点大概是遗传了我妈妈。即便每天都掉很多头发，头上也还是有很多头发，我觉得我的发量大概还够我再读一个博士学位的。

或许是对洁癖母亲的反抗，我对房间的整洁程度要求不那么高，对很多她曾经要求我的事也都不那么在意。朋友来我家吃饭，一起吃点心，她怕碎屑掉在桌上和地上便用手接着，还跟我说了她的担忧。我说："这有啥的，完全没有关系，掉桌上了、掉地上了，擦一下就完了。多大点儿事。"

我还有一个同样有洁癖的父亲，他洁癖的地方不在于房间，而在于书。有一个阶段，我需要看他的书，或是用他的工具书，或是他要求我看他的某本书，他会要求我保持书的整洁，不许画线，不许折角，不要在翻过书页以后压出折痕，不能把封皮压出痕迹（因此不能卷着看书），不能边吃东西边看书，不能在床上躺着看书。我非常讨厌这些规矩。听我妈说，当年我叔叔曾找我爸借一本《红楼梦》，还回来时书已经不符合我爸的标准。他非常生气，决定再也不借书给我叔叔，然后又去买了一本叔叔借走的那卷《红楼梦》。那套书他也曾要求我看，可惜我不是那块料。我对半文言的书非常没有兴趣，甚至是反感。四大名著一本都没有看完过。

可是这些规矩也塑造了我。我在很长一段时间里也保持了同样的对待书的方式，在借书给别人时也有很多要求。我讨厌这些，可是却不知不觉地变成了这样子。上大学以后，没有人管我了，我开始极其邋遢地看书。我甚至觉得买了书就是为了看的，我的书我可以随意处置。我故意卷着书读，把书页压出痕迹，折角，在书上做笔记，甚至用荧光笔画线。这种叛逆保持到了现在。

我不断跟父母的洁癖作对，主动告诉自己：不需要那么利索，差不多得了。可每天还是有很多事情要做。回头想想我那个洁癖的妈妈不仅把家里收拾得非常利索，还有一份全职的工作，真不知她是怎样做到的。每天下班以后，她去市场买菜，在到家半小时内做出一桌菜。她的名言是："做饭是需要用脑子的。必须要把程序安排好，先做什么，后做什么，得想好。不然，天黑了都吃不上饭。"如果她有机会接受跟我一样的教育，我想，以她充沛的精力和时间管理能力，应该能干成一番大事。

去年夏天，我去旅行。一星期的时间里，每一天都过得很漫长。一天好像很长，好像凭空多了很多个小时。看了展览，吃了饭，发了呆，也没有过去几个小时。那几天我一直在思考这是怎么回事。是因为旅行中时间流逝的速度变慢了吗？我想了几天，得出的结论是否定的。旅行中一天里的时间变多，不是什么魔法，只是因为我不再需要做往日那些维持日常生活秩序的琐事了。我不再打扫，因为旅馆有人来打扫。我不再做饭和洗碗，因为我在餐厅里吃饭。需要操心的事情也变少了，因为不用做饭，自然也不需要惦记冰箱里还剩什么，需要买什么。后台运行的精神负担也卸下去了。法语形容这种操心用的词是charges mentales（精神负担），我非常喜欢这个表达。

我跟朋友说起我的思考，我说："我在旅行中过上了男人们过的日子。啊，男人们一直以来过的就是这样的日子吧。"我的父亲从不做家务，跟我的众多男性亲戚一样。因此，他不显得多么过分，在一群男人中间也不显得特别。我忽然意识到：如果我不做这些事，一天里会多出多少时间，我会有多少精力可以用于创造。

我跟豆说起这些，她说正因如此她在北京生活时会请阿姨。阿姨也不那么贵。我说："巴黎的情况完全不一样。我请不起阿姨，单位时间内我赚的钱远不及阿姨多。"因此，我需要自己打扫，我需要自己当自己的阿姨。想起亲戚们多年来对我苦口婆心的劝婚言论，如果他们现在再来劝我，我会告诉他们："我不是不想结婚啊，我很想结婚。我想要的不是老公，而是老婆。可是绕了一圈，我发现我是那个他们要找的老婆。"我为自己为可能发生的情景设计出的回答感到得意。我跟前男友说起我的反驳思路。我说："我想要的不是老公，而是老婆。"他回答我："想得美！"男人果然是明白这一切的。

2022 年 5 月

Chapter 03

建立人与人之间的联结

我在巴黎无亲无故，朋友有限，社交简单，在没有被要求尽量待在家里之前也过着近似封禁期间的生活。我虽然是一座孤岛，却被巴黎这片巨大而温暖的海洋承托着。

与真实世界的互动

我很能吃，食量很大。有一次我跟一位老师说钱总是不够花，他说起自己在英国访学时用差不多的钱不仅能吃饭、买书,还能偶尔旅游。我说:“我吃得多啊。”他沉默两秒，“嗯”了一声。在这两秒里他一定想起了以前跟我一起吃饭的场景。曾经在一个主卖包子的食堂买早饭，我说:“我要两个鲜肉包、两个生煎包……”话还没说完，食堂阿姨不乐意了:“你到底要两个鲜肉包还是两个生煎包?”我很委屈:“我要两个鲜肉包和两个生煎包，再要两个青菜包，还有一个煎蛋和一碗皮蛋瘦肉粥。”我的同学里有人只吃一个包子。

我不仅吃得多,还吃得快。有一次另一位老师请客吃饭，在一家颇为时髦的汉堡专门店，那家做的是夹着一块厚厚牛排、芝士、番茄片和沙拉菜的正宗美式汉堡，非常好吃。牛肉鲜嫩多汁，啊，真好吃。我双手捧着汉堡，一口一口吃完，很满足。抬头发现其他人都拿着刀叉认认真真切着，只有我吃完了。只能拿餐巾纸擦擦手，独自尴尬。老师发现我吃完了，问我："还要吃点别的吗？"我说："好啊！"从老师手里接过菜单，叫来服务生，点了配一球香草冰激凌的苹果派，拿着小勺吃得很开心。后来被人教育："你怎么这么不懂事？老师其实是希望你说'吃饱了，不用了'。"我自己倒是觉得老师不是这么想的。

我贪吃，而且馋。来到以美食闻名的法国以后，更是开始了美食方面的大冒险，我想吃各种以前在文学作品里读到的食物，想吃各种以前没吃过的东西，胃口越来越大。

疫情以来，巴黎的店铺迅速洗牌，走在路上时常能看到一个店空了，外墙上贴着出兑或转卖的告示。很多店倒闭了，而最可悲的是：我在面对那个已经空了的店铺的时候，根本想不起来它之前是什么店。想在这一波倒闭的浪潮中存活下来是很难的。由于两轮宅家和宵禁，人们似乎已经习惯了在家附近买东西，不会特意去很远的地方购物。在这种情况下能存活下来的店都是有些水平的。大浪淘沙一般，让那些做一锤子买卖、欺负游客的店倒闭了倒也是一件好事。

去年以来，我开始尽量少去超市，尽量在市场和街区内的小店买东西，想支持小商家。不仅是因为市场上的摊位和单独的肉店、鱼店的食材品质更好，更是为了在买东西的时候能跟人说说话。在见不到什么人的时候，买东西过程中的对话堪称我与真实世界的联结。我向往成为这些小店的常客，跟摊主、店主混熟，像朱莉亚·查尔德和彼得·梅尔那样。

我在来巴黎生活之前看了很多以前的人写巴黎的书，当时读得特别起劲，可是我对巴黎的地理一无所知，只是凭借想象在脑子里构建出了一种巴黎可能有的气氛。而真正到了巴黎以后，发现之前读过的那些写巴黎的作者大概都说了谎，或者说他们写的是太久以前的巴黎，巴黎早已变了样，那些作品的魔力立刻散了。而在我读过的作者中只有两位的魔力没有散，这两位就是朱莉亚·查尔德和彼得·梅尔。这两位的魔力不仅没有消失，反而越来越强，因为我在生活中逐渐验证了他们写下的句子，经常忍不住发出感慨："啊，真就是那样！"

朱莉亚·查尔德说一般的女人热衷于在巴黎买衣服，而她更乐意在巴黎买吃的。我也是！其实我是这两年才变成这样的，之前也时不时地头脑发热，觉得生活在时尚之都总不能完全不赶时髦，于是也去买衣服。后来对买衣服这件事渐渐没了热情，一是我意识到这世界上没有能改变人生的衣服，比起衣服，更重要的是自己是什么样子，是不是干净、整洁、从容；二是我的审美稳定了下来，找到了适合自己的风格，之前也买了不少好东西，不必再频繁添置衣装。

去市场和肉店、鱼店的年轻人不多，放眼望去，这些地方都是40岁以上的人，其中60岁以上的居多。也曾听年轻的法国人说感觉肉店门口像有一道结界似的，不敢进去。我曾经也想过：对去肉店这件事而言，我是不是太年轻了？不过这件事倒是没有困扰我很久。作为一个外国人，我反而无所顾忌，凭着一股“虎”的劲头，什么店都敢去，什么问题都敢问。彼得·梅尔曾写道：“法国人最喜欢那些自己招认什么都不懂的人，最好还是外国人，这样就有机会将法国种种美妙而稀奇的事情教给他们了。我想这肯定是一种普遍的国民心态，一种教育强迫症，以便将文明带给那些不幸出生在地球上其他比较糟糕的国家里的人。”我越发觉得法国人的心态确实是彼得·梅尔写的这样，因为我每次问出问题以后，对方都很耐心地解答，丝毫没有不耐烦，反而在为我讲解的同时透露出巨大的自豪感，为自己所从事的职业骄傲，为那些好吃的东西骄傲。

我对欧洲的市场最初的了解来自韩良忆的《在欧洲，逛市集》，我还在电影《朱莉与茱莉亚》里看到朱莉亚·查尔德在巴黎买蔬果的经历。我喜欢巴黎的市场，在巴黎生活的前两年偶尔逛逛，不过平时还是在超市购物。当时距离宿舍不到100米就有一家超市，超市营业时间长，在超市购物似乎更方便。那附近有两个露天市场，平日开一天或两天，周末开一天。市场开市的日子环卫工人搭起摊位棚子，收摊时再收起棚子，然后清扫地面。平日市场往往是从早上 7 点开到下午 3 点；周六跟平日的时间一样，周日则只开上午。市场不开的时候甚至看不出那里是市场，路过时只觉得是街道或广场。

后来我搬了家，还没来得及探索附近的市场，2020 年的第一轮封禁就开始了。巴黎市长安妮·伊达尔戈（Anne Hidalgo）力排众议，想在封禁期间开放市场，可她最终还是妥协了，于是在第一轮封禁期间巴黎的市场关闭了。第一轮封禁措施十分严格，大部分店铺都关闭了，只保留了经营生活必需品的店铺。人们开始反思这种限制措施是否便宜了亚马逊等电商平台和家乐福等大型连锁超市。书店关门了，可是亚马逊还可以继续送货。小商店关门了，人们在连锁超市门口拉开距离“北欧式排队”。

法语里表示生活必需品的词是 essentiel，这个词在法语里还有“核心的”“非常重要的”的意思。新闻里不断出现这个词，人们一直在讨论到底哪些行业属于生活必需的范畴。第一轮封禁期间，获准经营的店铺清单中竟有眼镜店和经营装修用品的店。这是我没有想到的，可是想了一下便觉得十分合理。如果有人在封禁期间不小心弄碎眼镜，如果有人家里的东西在封禁期间坏了，这些问题都不能拖延。

我从未像在2020年这样思考过生活中真正需要的是什么。

2020年5月中旬，巴黎解封，五区市政厅呼吁人们支持街区里的小商家。我常看到宣传海报，也开始琢磨要不要试试在街区里采购。解封以后市场重开，此后一直没有关闭，2020年秋季的第二轮封禁期间和2021年春季的第三轮封禁期间市场都一直开着。正是在这段时间，我养成了去市场和街区内的小店购物的习惯。

我的街区有两个露天市场。最初我轮流去两个市场。采购后篮子很重，多走一分钟都是煎熬，后来决定只去离家最近的那个。这个步行不到五分钟就能到达的市场每周三、周五和周日开市。摊位经营范围各异：蔬果、鱼、肉、奶制品、花、蜂蜜、鸡蛋、意大利特色食品等。数量最多的是蔬果摊，竞争也最激烈。我很快发现有一家蔬果摊前一直有很多人在排队，便也去排队。

市场坐落在一个方方正正的小广场上，广场中央是一个喷泉，理论上喷泉附近是人流量最大的地方，而这家蔬果摊在市场的边缘，顾客依然很多。我很快明白了为什么很多人都喜欢这家。蔬菜、水果分门别类，摆放得整齐漂亮，标着价格和品名的小标签写得工整易懂，工作人员亲切，又不过度闲聊，动作麻利地把蔬果装好、称重。后来我成了这个摊位的常客。

从市场的摊位可以看出季节的流转。夏天是桃子、李子、蜜瓜和樱桃；秋天是栗子、南瓜、核桃，金灿灿的；冬天是花样繁多的苹果，西红柿虽然有的买，但是没什么滋味；春天是芦笋、小豆子和草莓。开始去市场买菜后，我对季节变化更加敏感了。

在法国，同一种蔬果在市场的售价往往比在超市高，因为市场卖的品质更好、更新鲜。这与我在北京的生活经验相反，在北京市场更便宜。巴黎的市场很快征服了我，虽然蔬果顶着同一个名字，但不同产地、不同品种差别很大，市场的蔬果质量更好，于是心甘情愿地付多出来的那一截价格。在市场买东西还能跟人说话，封禁后我渴望与人说话。不是在手机屏幕上打字，也不是打电话，而是与真人面对面说话，买东西则成了我为数不多的说话机会。

我常去的这家蔬果摊看起来是家族经营的，老中青三代都有，他们都是亚洲面孔。可我听不懂他们之间的对话，便一直跟他们说法语。

打破僵局的是蘑菇。

这家摊位一直卖很多蘑菇，除了法国常见的形状卡通的白色蘑菇和棕色蘑菇（通称“巴黎蘑菇”），还卖一些少见品种。秋天货架上摆着鸡油菌，像一把把黄色的小伞，有时有平菇，更难得的是他们偶尔卖香菇，个头很大，很饱满，价格也十分合理。我总是盼着买香菇，在架上看不到香菇也会抱着希望问问摊主是否还有。正是因为这个问题，女摊主用法语问我："你是日本人吗？"我说不是。对话用法语继续着，她又问我是不是韩国人，我摇摇头。她又说："那你是中国人？"我点点头。她笑了，用汉语说："呀，说中文啦！"

我却发现我的第一反应都是东北话，柿子、豆角、大辣椒、大头菜、地瓜……如果讨论学术问题，我还能装模作样地说普通话，一旦涉及食物，我的第一反应是在家乡形成的叫法。法国与东北纬度相近，气候类似，市场上卖的东西也差不多。在北京买不到的豆角居然在巴黎有卖。两厘米宽、十几厘米长的、浅绿色的、肉质厚实的豆角，在法语里叫椰子扁豆（haricot plat coco）。在北京几乎没有见过这种豆角，在法国反而买得到。我努力回想蔬果的通行叫法，她似乎也意识到了我们的母语离得很远。于是我用法语说名称，用中文说量词，沟通也算顺利。不知后面排队的法国人作何感想。

摊位很长，这一家人分工有序。人们沿着摊位的边缘排队，一个工作人员从头到尾负责一位顾客。顾客从摊位的一端走向另一端，边走边说要哪种蔬果。工作人员称重，在电子秤上输入金额，把蔬果交给顾客。走到摊位的尽头，工作人员打出一张小票，顾客在此付款。

我在这种边走边买的过程中断断续续与工作人员说话，慢慢地，跟摊位的每一个人都说过话，粗略得知他们的个人历史。这一家人是柬埔寨华侨，还有一个阿姨在来法国之前曾在中国香港生活。他们之间说潮州话、越南语、粤语。每个人法语都说得很好，包括那位70多岁的爷爷。

可是香菇不是每次都有。阿姨说："法国人不知道怎么吃啊，不好卖。"香菇在法国算不上有名的蘑菇。一方面，我因香菇与摊主一家人相识；另一方面，我有私心，希望自己能多一些买到香菇的机会，我开始推销香菇。有一次，摊位的大叔在跟排在我前面的法国顾客推销香菇，这位法国大叔回："欸，这是香菇吗？我以前见过的香菇不长这样，我吃过的都是干香菇。"摊位的三个工作人员一起过来跟他介绍香菇的种类：香菇有干的，也有鲜的，鲜香菇特别好吃。法国大叔说很喜欢香菇的味道，之前会把香菇放进面条里。摊主说："鲜的香菇放在面条里就更好吃了呀！"法国大叔将信将疑，说买一盒。买一盒不划算，买三盒有特价。摊主劝他买三盒，他还是没有买。

马上轮到我了，我大声说："我要三盒香菇。"

摊主狂笑，跟法国大叔说："你看，真正懂得香菇魅力的人来了！"

我趁机推销香菇，跟法国大叔说："真的很好吃！"

他似乎也没了顾虑："那再给我加两盒。"

我成了这家蔬果摊的常客，买东西的时候阿姨们常常跟我推荐时令蔬菜。"今天的西葫芦很新鲜呢！""白葡萄特别好，要不要来一串？”“新鲜的甜菜头你吃过吗？比罐头好吃多了！”“西洋菜煮汤特别好吃哦，来一把吗？”……我收到很多好建议，美食边界渐渐拓展。

每次买牛油果，摊主都会帮忙挑，挑选的标准竟然不是熟和不熟，而是精确的时间。摊主的问题是：“哪天吃？”有一次一个奶奶回答了星期日，摊主又继续问：“那么是几点钟呢？”我没明白，奶奶笑呵呵地回答：“中午十二点。”摊主说：“没问题！”原来是开玩笑呀。这也证明了摊主很会挑牛油果，可以精确地挑出顾客需要的熟度。村上春树有一本随笔集叫《大萝卜和难挑的鳄梨》，鳄梨就是牛油果，如果村上春树来我常去的蔬果摊买东西，他应该不会有这样的烦恼。

除了跟摊主说话，有时还与同在排队的顾客说话。有一次，我在蔬果摊排队，站到队尾，前面的女人回头跟我说还有一个人本来在她后面，一会儿就会过来，我点点头，留了一个空位。她叫前面的奶奶：“喂，您刚才说您排在我后面的呀。”奶奶插队到了队伍最前面，她听到我前面的女人叫她，便走过来，说自己糊涂了，不知道怎么回事就站到前面了，她说：“我今年都80岁了，站几个小时排队实在是撑不住。在西班牙的话，65岁以上的老人就不用排队了。”队伍不到十个人，要说排队几小时，只能将其理解为一种修辞。

我前面的女人让了奶奶,回头看看我。我们交换了眼神,我很懂她的心情,她的眼神又是委屈又是无奈。很快轮到她,也很快轮到我,她跟摊主说要三颗葡萄柚,本来没有想买葡萄柚的我也决定买三颗。

摊主去拿水果时,她忽然跟我说:“我唯一不喜欢法国的就是这一点。”我没有意识到她在跟我说话,她把头侧过来,又对着我说了一遍。我隔着口罩尽最大可能地给了她一个真诚的眼神,我说:“我懂您。”(在法语里对初次见面的人、不熟悉的人、年长的人等称呼“您”,熟人之间可以称呼“你”。)

她穿着丹麦风格的冬季款木头鞋,金色头发,30 岁左右,个子很高,也许是北欧人?说话直接,眼神又很害羞,虽然讨厌插队行为,但还是决定让着奶奶。我鼓起勇气在眼神再次交会时问她:“您不是法国人吧?”她的回答很微妙:“还不是。”她说着没有口音的法语,如果不是那句“我唯一不喜欢法国的就是这一点”,我不会想到她不是法国人。她是美国人。我问:“我看到了你的鞋子,是 dansko 的吗?”她说不是,是一个类似风格的美国牌子。我夸她的鞋子好看,她很高兴,继续说起插队话题:“总是那些老奶奶这样做,我在这儿总是遇上这样的事。”一脸无奈。我说我也是。我们彼此说了日安,交了钱离开摊位。

我格外珍惜这些偶然发生的对话,在只言片语里了解对方零星的个人历史，得知我与偶然相遇的路人有着共通的经历。终于与真实的世界产生了互动，不再是对着屏幕与远方的人交流，虽然口罩遮盖了脸的下半部分，看不到完整的表情，但还能看到眼神。

我去的市场有一个摊位专卖蘑菇、鸡蛋和新鲜的香草，奇异的组合。摊位上的大爷喜欢逗我，我说要6个鸡蛋，他装耳背："什么？6盒鸡蛋？"我赶紧说："不是，不是，6个！我一个人住，吃不了那么多。"他嘿嘿地笑，问我："还要别的吗？"我说还要champignon（蘑菇）。他继续逗我："Champignon de Paris?（要巴黎蘑菇吗？）"我摇摇头："不是，但是我不知道那种蘑菇叫什么名字。"大爷很有耐心："那我们一起过去看看吧。"他开始往摊位的另一端走，那边是各种各样的蘑菇，他不仅卖常见的巴黎蘑菇和平菇，还卖香菇和杏鲍菇。最让我感动的是他说"我们"。

到了蘑菇跟前，我指指杏鲍菇，说要这个。大爷告诉我它叫pleurotus eryngii，他说了两遍，我记住了。我还说要300克香菇，他说："香菇很轻的，300克不少呢，你不是一个人住吗？我开始抓，你觉得差不多了就喊停。"

杏鲍菇的名字未免也太奇怪了。回家以后我开始查资料，pleurotus eryngii原来是杏鲍菇的拉丁文名字，是1872年被命名的。之前还以为杏鲍菇是中国的蘑菇，惊讶于摊位卖香菇和杏鲍菇这种亚洲风格的蘑菇。法国南部产杏鲍菇，有很久的食用杏鲍菇的历史，在法国南方的方言奥克语和巴斯克语中都有杏鲍菇的说法，在法国南方的众多地方方言中杏鲍菇有近20个名字！法语里目前最常用的一个名字是pleurote de panicaut，panicaut指的是杏鲍菇寄生其上的刺芹属植物。杏鲍菇居然跟平菇（pleurote）是一个属的，这两种蘑菇看起来并不像。平菇是第一次世界大战期间因为粮食短缺而在德国首次被人工培育的。蘑菇背后有很多我不知道的历史。

法语里香菇的写法采取了日语假名的转写，写作shitake。法国人很难发出日语里的shi（し）这个音，往往按法语的发音来发。而杏鲍菇开始人工栽培确实与日本有关。杏鲍菇的原产地是法国和意大利等地中海气候地区，1993年日本爱知县林业中心首次进行了杏鲍菇人工栽培，此后便有了如今这种个头很大的杏鲍菇。

再去买杏鲍菇的时候就知道它的名字了。大爷不在，一个小哥在。他认真地跟我前面的法国顾客讲杏鲍菇的吃法，形容杏鲍菇的味道，拿了一个杏鲍菇想掰开给顾客看，顾客马上决定买了，他说要4个。这个人很挑剔："喂，那个大的你怎么没有给我装？"其实都很大，每个都很好。轮到我了，我说出杏鲍菇的拉丁语名字，镇住场面，豪气地说："给我来6个！"回家后打开纸袋，袋子里赫然6个漂亮的杏鲍菇，每个都很大。

还在这个摊位买到过法国春天代表性的香草——熊蒜（ail des ours）。我对熊蒜很好奇，在植物园见过熊蒜，但没吃过。熊蒜的名字很可爱，听说德语里这种植物的名称是“熊葱”，在英语和意大利语里的名字也都与熊有关，据说熊结束冬眠后喜欢吃。摊主耐心地讲解熊蒜的吃法，告诉我可以在做意面时用，快出锅时放，千万不要早放。回家照做，果然好吃。

我喜欢去摊位和小店买东西，喜欢跟卖东西的人说话。法国似乎有着一种讲求幽默的取向，人们在对话中展现魅力和幽默，让对方笑；在对方讲了笑话以后，要表现出自己接受对方的幽默，接住对方的话，最好还能还回去一个同样幽默的句子。我有这样的意识，但能力还不够，只能听懂对方的幽默，但是接不住，只能笑，用笑表示我听懂了。有一次在这个摊位买东西，不确定是否买到可以刷卡的金额，付款时问大爷可否刷卡，大爷爽朗地笑：“当然可以！我接受各种支付方式。你拿金子付款我都收！”我打算好好提高一下自己的幽默感和法语水平，争取下次能回一个幽默的句子。

2020年秋天第二次封禁以来，出门买东西都忍不住多跟店员说话，我发现店员似乎也有这种倾向。某天忽然想吃甜食，去了一家卖塞满巧克力豆的黄油面包的店。不巧，去的时候卖完了，还没有来得及露出难过的表情，店员马上说：“五分钟以后新的一炉就烤好了！”我说：“好！那我一会儿再来。”去附近转了一小圈，回来时还没有烤好，我在店外站着，隔着橱窗玻璃和烤箱门玻璃看那些圆滚滚的巧克力豆面包。一个女人路过，看了我一眼，眼神似乎在说：“怎么有人用这样的眼神看面包？”她进店了。

面包出炉了，我走进店里，店员直接装了一个递给我。那个女人很吃惊——这两个人是如何不用语言就能交流的？店员问我要不要纸袋，我说不用了。她又说：“可是很烫啊，还是给你一个纸袋吧。里面的袋子要保持开口，这样面包不会塌。”我点头说好。闻到了巧克力和黄油的香气，忍不住说：“好香啊！”店员很高兴，我们互相说了再见。非常喜欢这种感觉的对话。虽然显得有些浮夸，但是想表达自己对他们的面包的喜欢，也很庆幸自己做了这样的表达。

这些眼神、这些对话，对我而言都是与真实世界的互动。在法国，人与人很容易就可以开口说话，与人搭话不尴尬，我也常被人搭话。在这种随机发生的、陌生人之间的对话中有平等感和对陌生人的信任。我在这些短句子里感受到了善意，也想继续传递这种善意。

2020 年 12 月

一个人生活就是与保质期战斗

我一个人住，虽然食量不小，但是采购的过程依然战战兢兢，怕买多了吃不完。浪费食物让我有愧疚感。市场的顾客群体多半是中年人和老年人，是有家庭的人。他们拉着两轮小车，为全家采购。对比之下，我买的分量少得令人困惑，尤其是买鱼和买奶制品时。

常去的鱼摊位于市场中央，摊位以蓝色和白色为主，白色陈列台上铺着锡纸，配上蓝色挡雨板，让人想起海洋。市场上的几家鱼摊都是这种风格。我常去的那家工作人员都是男性，有 20 多岁的，也有 40 多岁的，每次都有三四位。2020 年年底英国脱欧，据说脱欧之前英国和法国的渔民曾就海峡的渔业展开讨论。2021 年第一次去市场，摊主大叔跟顾客聊起英国脱欧对捕鱼的影响，他们其实不仅卖鱼，还打鱼。他们是渔夫，打鱼之后便把鱼放进碎冰里，开着货车运到巴黎，在市场上出摊。穿着防风防雨的外套，脚上蹬着及膝的橡胶靴，冬天还喜欢戴毛线帽子，一副十足的渔夫打扮。

我常去，可是买得不多。最开始去鱼摊，我要一块鳕鱼背。小哥问我是几个人吃，我说："一个人吃，但是我要一块大的。"他狂笑。还是喜欢厚厚的鳕鱼背，煎着吃咬下去感觉很满足。后来有一次我说要一块三文鱼，小哥问我是要尾巴吗，我说不要。案板上摆着各种部位的三文鱼，我指指厚厚的鱼背。小哥拿起我指的那块，问我："这块行吗？"我说："行，完美！"他笑笑说："我就知道你会这样说。"又说："你每次都买一点点。"

独居的人如何能买很多呢？我很想跟他说一个人生活就是与保质期战斗，但还是没有说出口。我请他帮我去除鱼皮，他说好。没有达到刷卡的最低金额，只能付现金。灵机一动，再要一块三文鱼，得以刷卡。收银小票上印着摊位名字，"风与潮汐"，来自渔夫的诗意。依靠海洋的职业会对自然生出敬畏吧。

已经知道一块鱼不够刷卡金额，之后便要两块。摊位的大叔说："我们一起去挑。"我从案板的外侧走到三文鱼面前，大叔从摊位的内侧走到三文鱼前。我选了两块厚的，大叔说：“你是要生吃吗？这个很适合做刺身。是苏格兰的三文鱼，没有抗生素。”我打算煎着吃，请他去皮。他反问：“为什么要把鱼皮去掉呢？皮也很好吃啊，煎着吃很好吃。”我是觉得鱼皮有腥味，但又说不出口。

他利索地帮我把鱼处理好，先用纸包好，再放进透明的塑料袋里，最后再套一个白色的塑料袋。他把鱼递给我后，说了价格，40多欧元，我刚听了数字的开头就露出了吃惊的表情，两块鱼要这么贵吗？他意识到自己说错了，说：“是14欧元，我搞错了，我太累了。”原来法语母语者也会搞不清14和40。

法国的银行卡可以设置一个金额，在这个金额以下的数目都可以直接拍卡支付，不需要插卡，也不需要输密码，这种方式叫无接触支付。此前人们对无接触支付往往持怀疑态度，担心卡被恶意盗刷。2020年以来，人们逐渐接受无接触支付，可以避免按密码，减少接触风险。靠卡内芯片付款的弊端是有时拍卡时间过短，交易不通过。这次就遇到了这样的情况，鱼摊大叔让我再刷一次。我问他：“Ça n'a pas marché?（没刷成功吗？）”这句话里并没有表示“刷”的词，而是表示一件事没有做成。他回答我：“La vie est dure.（是啊，人生就是如此艰难。）”一问一答，一语双关。我被法国人使用语言的技巧折服。善用修辞，体现幽默，展现个人魅力，表现出渴望与对方对话的热切心情。

后来我去买鱼，还是两块三文鱼，还是请渔夫帮忙去皮。周日的市场很忙碌，排队的顾客很多，往日招呼我的大叔忙着招呼顾客，把处理鱼的工作交给了一个年轻人。他也戴毛线帽，帮我把鱼皮去掉、装袋，走出摊位，从摊位另一边把鱼递给我。

他问我："您是要生吃吗？"每次请师傅帮忙给鱼去皮，对方都以为我要吃三文鱼刺身，我说："不是，我要做一个汤（soupe）。"他听错了，以为我说的是酱汁（sauce），问："三文鱼能做酱汁？"我说："我要做一个汤，用莳萝、鲜奶油，再放洋葱、胡萝卜和土豆。"

他笑起来，说："这一定很好吃！"又问："您单身吗？"

没有料到他会问我这样的问题。在外语的语境里，反应果然慢一拍，会暴露出意外的天真和诚实，用外语很难说谎。我条件反射一般地回答："是啊。"

他说："您单身还这么认真做饭，真好啊！想吃您做的鱼汤。"又问我："您常常来我们这里买鱼吗？"

我说："是啊，我常来。"

他笑着："很高兴认识您。"

我又条件反射地回了一句："祝您今天愉快！"右手提着菜篮子、左手拎着装三文鱼的袋子走了。

以往与法国人讨论食物和做饭的话题，对方往往以为我是费杭迪（Ferrandi）的学生。费杭迪是巴黎的厨艺专门学校，在我之前住的街区。巴黎确实有很多学法餐和甜点的外国人。我本以为小哥也会问我是否学法餐，没想到他问的是："您单身吗？"我想知道事情之后会如何发展，决定之后的周日再去买鱼。

我又去买鱼，刚走到摊位旁，正在打量鱼，小哥就过来了。他记得我，又说想喝鱼汤。他问了我住在何处，我又拿出了实在劲，说就住在市场附近。他说："您可以邀请我去您家吃饭呀！"初次相遇后我时不时琢磨这件事，为什么小哥说的话没有让我反感呢？是对外语中潜藏的骚扰特质不敏感吗？还是因为小哥看起来非常真诚，不让人觉得奇怪呢？

想起之前在刷卡小票上看到的地址，是诺曼底的利雪（Lisieux）。我问他："您是诺曼底人吗？在利雪？"他一副神气的表情，指指大叔："他是利雪的，我不是，我是巴黎人哩。"本以为是淳朴可爱的诺曼底渔夫！

我最常做的一道鱼料理是芬兰式三文鱼汤，买三文鱼多半是为了做这道汤，其他时候煎着吃。三文鱼汤需要三文鱼、鲜奶油、莳萝、洋葱、土豆、胡萝卜和大葱。后面这几样都是冬季常备菜，三文鱼和鲜奶油也随时可以买到，做三文鱼汤的决定性因素是新鲜的莳萝。每次买到新鲜的莳萝，便去买三文鱼和鲜奶油。

渔夫们已经知道我独居，奶制品摊主还不知道。我排着队，前面的奶奶们买了很多奶酪，摊主搬起巨大的轮状奶酪，切片，包在蓝白格的包装纸里。很多小纸包堆在一起，特别可爱，奶奶家一定有很多人吧。轮到我，我说要 100 克做汤用的淡奶油，摊主说："100 克可是很少啊，行吗？"我说没问题。摊主拿起勺子从大桶里往小盒里盛，一大勺就有 140 克，他问我是否需要把 40 克挖出去，我说不用，这样就好。

想起之前看过的一句话：一个人生活就是与保质期战斗（一人暮らしは賞味期限との戦いである）。多亏了市场的摊主们，我与保质期的战斗进行得很顺利。开始在市场采购后，有了买优质农产品的意识。即使稍贵一点也值得，优质产品背后是很多人的努力。正因价格稍贵，买东西时精打细算，想把钱花在好东西上，要把买来的好东西吃到肚子里，避免浪费。

回想以前在超市购物的经历，那时我常被特价标签吸引，买一送一，或是第二件半价，忍不住买过多食物。以为占到了便宜，实际上吃不完的食物烂在冰箱里，其实是一种浪费。钱没少花，又没吃到质量好的食物，自己不过是分担了超市的仓储成本。

凑热闹式买花

法国人似乎给人一种喜欢买花的印象，法国电影常出现买花的镜头，街上有很多花店，市场有卖花的摊位，花仿佛是生活中必不可少的一部分。

我的买花行为是凑热闹式的。被季节时令的花吸引，曾在冬末买成束的银荆（mimosa）。银荆是树，不同于鲜切花，枝条很硬。细小的绿色针叶配上毛茸茸的小小黄色花蕾，在冬天里给人对春天的向往。在圣诞节前买成束的冬青，绿色刺状叶子配上红色小果子，活泼可爱，配色有圣诞节的气氛。曾陪朋友去花摊买冬青，摊主指着那一堆冬青问我们要哪一束，我说要果子多一点的，她狂笑："这果子又不能吃。"也没想吃，只是觉得红果子多一点更可爱。用词失误，应该说“更具有装饰性的”，而不是说“更多果子”。我不知如何接住摊主的话，只能嘿嘿地笑。

每次去市场都路过花摊，菜摊旁就是花摊。时令的花很美。花带来对生活的向往，瓶花在室内，可它依然是大自然的一部分。买花是把大自然的美好带回家。可是我做不到每次去市场都买花，花并不便宜，看到价签，便心生退意。欣赏了花摊后便头也不回地走去肉店。

冬春之交是风信子的季节，花店和花摊都卖风信子球茎。洋葱一样的风信子球茎被塞在方方正正的塑料盒子里，里面带一些土壤，花骨朵被五六个向上伸展的叶片围在中间。买过这样的风信子，稍稍浇水便生长起来，室内温度很高，很快开花。没有土地栽种风信子球茎，只能扔掉开花后的风信子。下一年还是会买，风信子像是报春的使者。今年我也买了。

花摊老板是一位50多岁的阿姨，她卖鲜切花也卖盆花，一个人忙着招呼顾客，等顾客选好花以后，她还要拿着花去旁边的桌子上包好，打上蝴蝶结，钉上卡片。她没工夫关注哪个顾客是先来的。人们围着摊位，各自看花。她每帮一个顾客包完花便走到前面，问该轮到谁了。本来该轮到我了，还没来得及说话，一个女士说轮到她了，阿姨便去跟她选花了。在阿姨帮这个女士包花期间，我一直盯着她，或者说是瞪着她。没有吵架的心情和能量，只能隔着口罩做河豚状。

她也感受到了我的心情，把头转到另一边。

阿姨帮她包完，问下一个是谁。我本已做好准备大喊“轮到我了”，忽然有一个小哥跟我搭话。他提着一兜苹果和梨，问我是不是订了货而忘记取。我没有见过他，虽然他很英俊，这一行为本身也是出于善意，可是我在跟他说明这并非我的水果并且表示感谢的几秒钟里，花摊的阿姨问轮到谁了，明明排在我后面的大叔竟说是轮到他了。我也只能迅速收回刚才对小哥的笑脸，又对那位大叔做河豚状。

终于轮到我了，我问阿姨这一堆风信子球茎开的花是什么颜色，买一盆 2 欧元，买三盆 5 欧元，我想买三盆，可又不想三盆都是同种颜色。风信子球茎的花骨朵是闭合的，看不出花是什么颜色。阿姨不耐烦：“这一堆是看塑料盆，塑料盆什么颜色花就什么颜色，那一堆是看纸标签，标签什么颜色就是什么颜色。”她居然如此对付，我决定只买一盆。

入春后花的种类多起来，我喜欢淡粉色的洋牡丹，薄薄的花瓣紧密地叠在一起，是一种脆弱的美感。我爱这种感觉的花，除了洋牡丹，还喜欢紧紧抱团的淡粉色芍药和淡粉色绣球花，热闹华丽。

2021 年春天最惊喜的买花经历不是在花摊，而是在路边。从市场回家的路上，有个年轻女士站在路边，脚边放着两个小桶，其中一个小桶里插着丁香花。我从未在花店和花摊见过丁香花。紫丁香是哈尔滨的 5 月。开春了，满街都是涌动的香气。上中学时同学喜欢找五瓣丁香，据说找到了有好运，跟四叶草差不多。

我买花不频繁，没有买花瓶，随手在橱柜里找容器来插花。市场的花摊按束卖，一束是同一种花，无须搭配，直接放在容器里就很好看。我用法压壶、冷泡茶壶、啤酒杯、玻璃水杯、瓷杯和玻璃罐插花。用食器插花很不错。

2021 年元旦晚上，忽然听见敲门声，最初以为是有人在敲我对门邻居的门，便没有在意，门外的人继续敲，说："打扰了，我是您楼上的邻居。"打开门，他手里拿着一枝黄色的玫瑰花，递上花，跟我说新年快乐。这是我第一次见到楼上的邻居，我赶紧回了一句新年快乐，这是法国新年的习俗吗？应该带花去问候邻居吗？他没有要走的意思，问我有没有两个鸡蛋。

原来是要鸡蛋呀！法国节假日超市、商店几乎全部关门，一个街区可能只有一两家开门的杂货店。我问他："两个鸡蛋够吗？"他说："够的，我就做个蛋黄酱。"我给了他鸡蛋，他跟我说了谢谢，又说有空可以去楼上玩，欢迎我去吃晚饭。看来法国人家里一直有花，却不是一直有鸡蛋。

2021 年 1 月

去我的肉店买烤鸡

在法国生活的最初几年里，我在超市买鱼和肉。对专门卖鱼和肉的摊位或店铺有些畏惧，进入那个小空间，不买便尴尬。此外，法语里与食物有关的词汇相当复杂，不像中文这样从名称上就能体现出类别。在中文里，芹菜、莜麦菜、白菜、卷心菜等名称都有一个“菜”字，法语里的蔬菜名称并没有共同的词根，不同蔬菜的名字没有明显的联系，无法触类旁通，必须逐一记住。肉类和鱼类的词汇则是另一个宇宙了。牛身上不同的位置都有自己的名字，即便是牛排，还分不同的种类，落实起来都需要背单词。面对一堆不同位置的肉不知买哪种，那种手忙脚乱的尴尬场面是我极力避免的。

超市透明冷藏柜里放着不同位置的肉，覆盖着保鲜膜的泡沫盒子，贴着标签，写着肉的部分和价格，不会联想到动物，像是工厂生产线的产物。我之前一直买的就是这样的肉。习惯了去市场以后，胆量也大了，决定试试肉店。去肉店成了一项挑战，既然暂时不能旅行，我便在自己的街区里旅行。

第一次去肉店，已经料到会面对玻璃柜子里各式各样的肉不知所措，在进店前就决定要买鸡腿。鸡腿总不会出错吧？跟穿着白色罩衣、头戴白色帽子的师傅说要两只鸡腿，他问:“要已经做好的，还是您要自己做？”法国的肉店除了卖生肉，还卖店家提前腌过的肉和已经烤好的烤鸡、烤土豆。师傅的问题很合理，他们也卖烤好的熟鸡腿。我说要生的，要自己做。他又问我是否需要切成两半，我顺势说:“好的，麻烦您帮忙切一下。”我不知道切成两半是何种切法，只想回答完所有问题拎着鸡腿走人。

肉店干净整洁，空气里没有肉的气味，玻璃柜台里各种不同部位的肉逐一放在托盘里，井井有条。师傅收拾好了肉，用印着店名和联系方式的纸包好，放进袋子，递给收银台的阿姨。我去付钱，收银阿姨好奇地看着我。小店多是住在附近的人光顾,都是熟客。我下定决心要成为熟客，此后便经常去，每周都去一两次。

让我下定决心抛弃超市、选择肉店的原因在肉店的纸里。包装纸里有一股淡淡的焦味，原来是师傅已经帮忙燎了鸡皮上的毛。如果做煎鸡腿，带皮的话非常好吃。可是我之前在超市买的鸡腿上有毛，我又不会去毛，便只能连皮带毛一起去掉，非常可惜。肉店的鸡腿解决了这个问题，我便常去肉店买鸡腿。师傅用的是喷枪。火焰迅速在鸡皮上扫几下，毛就去掉了。

正好看了日剧《京都人的秘密欢愉 Blue 修业中燃情之秋》(京都人の密かな愉しみ Blue 修業中 燃える秋)，京都料理家大原千鹤用土锅做鸡腿焖饭。她说一定要用土锅煮，“不用这个煮就没有那个风味了……如果认真对待，就会做出美味的料理，会尝到那些嫌麻烦的人尝不到的幸福”。她吃起自己做的鸡腿肉焖饭，脱口而出：“真好吃！我可真是个天才！”大原千鹤真可爱！我决定学习她的菜谱，去肉店买鸡腿。我没有大原千鹤用的那种蘑菇，换成香菇，搬出土锅，认真煮饭。先开大火，隔着盖子听到咕咕咕的沸腾声，转中火，过一会儿再彻底关火，焖饭。很好吃。

我还在肉店买过小牛肋排，误打误撞。我在市场买了豆角。绿色宽扁的豆角是东北夏天的风物诗。打算做猪肉炖豆角，决定去肉店买些猪肉。我近视，但不戴眼镜尚且能走在路上不撞人，有时不戴眼镜就出门。那天我没戴眼镜，指着肉店玻璃柜台里的小牛肋排跟师傅说：“给我来点猪肉。”师傅哭笑不得，说那不是猪肉，又拿了猪肉给我看。

唉，肉上还插着标签写着种类呢，显得像不认字一样。将错就错决定就要小牛肋排。回家后发愁豆角该怎么做，到底没有买猪肉，只拎着小牛肋排就回家了。

查了一下食谱，决定煎一下两面，包上锡纸放进烤箱里烤，放了大蒜、百里香。肉质嫩，味道比牛排还好，好吃到感觉必须配上红酒才算是不辜负了这块小牛肋排。幸好我买的那块很大，够吃两顿的，我在这两顿之间的空当里急匆匆地去买了红酒，终于在吃第二顿的时候喝上了红酒。

疫情以来各处限流，肉店限两人。买东西时听到前面的人的购物内容，有时也会跟着买。买鸡胸肉，师傅问是否需要片成薄片，我每次都说好。还买过牛腿肉，师傅帮忙切成块。也买过法兰克福香肠、米兰炸肉排等半成品，味道都很好。于是认定了这家肉店。肉质很好，师傅很热心，收银阿姨每次都真诚地说“谢谢惠顾”“祝你一天愉快”，很温暖，像是与街区产生了联结。

肉店有三个男人，最常出现的两人像父子，还有两个女人，50多岁，是家族经营的店铺。我最开始去，他们都很客气地叫我“Madame（女士）”，法语里对女性的称呼有两种，分别是“Madame”和“Mademoiselle（小姐）”，Mademoiselle用来称呼年轻的女士和未婚女士。可是，对女性的称呼分为两种，而对男性的称呼只有一种，即“Monsieur（先生）”，按是否结婚来对女性进行划分实际上是对女性的歧视。2012年时任总理的弗朗索瓦·菲永提议在行政文件中取消“小姐”,对所有女性都称“女士”。2012年12月26日,这项提议被批准了。从此以后,“小姐”一词只在口语中存在,行政文件中再也没有了。肉店的人们称呼我“女士”,我并没有在意。行政上已经取消“小姐”了,在日常生活中与时俱进也十分合理。

搬家后常经过肉店,忍不住盯着肉店门外的烤炉出神。这家用的是煤气烤炉,烤炉内是明火,而一般店铺用电烤箱,看不到火。火苗跳动着,舔着正在烤架上旋转的烤鸡。之前觉得一个人买一只烤鸡吃不完,一直没有买,盯着烤鸡时觉得自己是卖火柴的小女孩。有一次排在我前面的人买了半只烤鸡,原来可以买半只,我也要买半只。肉店师傅很得意:“还热乎呢!这可是刚烤好的!”

星期日是逛市场的日子,也是吃烤鸡的日子。生活在巴黎的日本随笔作家川村明子写过一本书,就叫《星期天就要吃烤鸡:稍有不便的丰裕法国饮食生活》。我常去的肉店开在市场的旁边,平时也卖烤鸡,但周日的烤鸡比平时多得多。平日烤炉里只有两排铁扦子,一排穿3只鸡,一共6只。周日烤炉里的五排扦子都会挂满烤鸡,一共15只。周日的烤炉底下放一个不锈钢托盘,盛着切成小块的土豆,土豆上撒着小葱末和切得很细的洋葱丝以及小毛葱(échalote)丝。土豆接满烤鸡滴下来的油,很有滋味。

我开始买烤鸡，最开始买半只，后来听说烤鸡第二天也很好吃，便买一整只烤鸡。肉店的人对我很好奇，去肉店的外国人少，年轻人也少，年轻的外国人可能只有我。跟朋友们讲烤鸡如何好吃，光说不行，决定带朋友去买，一起吃。有三个周末分别带三个朋友去买烤鸡。我开始像那些巴黎人一样，说“我的肉店”。“周末我带你去我的肉店买烤鸡。”此后肉店师傅开始叫我 Mademoiselle。他之前大概以为我已婚，来买一家人的肉，有一个从不负责采购的丈夫。见过我的女性朋友们后他明白了：这个人并没有结婚，只是吃得多而已。我是一个能吃的 Mademoiselle。

除了买烤鸡，还要买浸满鸡油的烤土豆，或者说重点其实是烤土豆。每次去买烤鸡，说完要烤鸡，肉店师傅都会问：“还有呢？”我说要烤土豆，师傅露出一种“你很会吃”的表情，笑着去拿小铲子和包装盒，准备盛烤土豆。

回到家，把烤鸡从纸袋里掏出，剪断穿在烤鸡上的棉线，把两个鸡腿掰下来，把烤土豆从盒子里盛出，放在盘子里，再洗上一些沙拉叶子，就是一顿午饭。吃烤鸡时总会想起电影《天使爱美丽》里周日去市场买烤鸡的大爷。

有一次师傅听说我要烤鸡后拿着长长的金属托盘去了店外，打开烤炉，接住一排铁扦子上穿着的三只烤鸡。他问我要哪个，我说：“Le meilleur.（最好的。）”又补了一个问句：“C’est lequel?（是哪只？）”他说：“中间的那只。”我说：

“那就要那只。”从店里出来，朋友说她以为我会认真地挑一下，回答要哪个。唉，我也成了跟店里的人撒娇的顾客了。

朱莉亚·查尔德在巴黎学厨时跟所有食材店的老板关系都很好，她在回忆录《我的法兰西岁月》中写道：

> 法国人对人际交往是非常敏感的，他们相信，有付出才有回报。如果哪位观光客走进食品铺子，先入为主地认为自己要上当受骗了，那么铺子老板肯定能察觉出来，于是会心安理得地坑这个客人。但是，如果店主感到来客进到店里很开心，对他卖的货品由衷地感兴趣，那么他会像朵开放的花般敞开心扉。巴黎的菜贩们让我坚信，我应当用心跟他们打交道。要是我懒得花时间了解他们，还有他们卖的东西，那么我提回家的菜篮子里就不会装着最新鲜的菜豆和肉。

我觉得朱莉亚·查尔德说得没错。肉店师傅知道我喜欢他的店，喜欢到了把朋友们都叫来一起吃的程度。我终于成了肉店的熟客，有一次在路上偶遇了师傅，他跟我打了招呼，我也马上跟他打招呼。好开心，我觉得自己好像开始属于这个街区了。试着结识周围的店的人很有意思，也是一种了解街区的方式。

2021年3月

什么也不做的周日

——仿菲利普·德莱姆（Philippe Delerm）

法语里有一个词形容什么也不做的状态，farniente。周日就是这样，从公寓出来，走到街上，几乎没有人，安静平稳。周日的街道换上与平日不同的面孔，店铺大多关门，营业的是面包店、肉店和花店，只开一上午，下午一点准时关门。在巴黎，周日和假日的空气与平日截然不同。

吃过早饭，收拾完房间，趁着市场还没有太多人，提上篮子去市场。在市场买菜，摊主用棕色纸袋装蔬果，纸袋印着蔬果图案，把没湿、没坏的纸袋折好，放在篮子里，重复利用。递给摊主时，摊主朗声说谢谢，声音大得好像希望旁人都听到，鼓励潜在的环保者。去市场的路上，迎上拖着两轮小车的老人们，他们早早采购完毕。小车里露出一截大葱，还有花束。

周日最大的乐趣是逛市场。去固定的蔬果摊买蔬果，买蘑菇和鸡蛋，要有机大号鸡蛋，六个。去花摊扫一眼，有喜欢的花就排队。结束市场采购，离开广场，提满满当当的篮子，去肉店排队，盯着门口烤炉里的烤鸡，轮到我的时候应该还有。指指烤炉，说要一只烤鸡，师傅说："烤炉里的还没有好，还要30分钟。这边有今早烤好的，回去再加热一下就好。"坚决要吃刚出炉的热乎烤鸡，继续指指烤炉："我更喜欢那个。"去收银台登记名字，阿姨说半小时以后回来就好，不必再排队。

回家，用这半小时切番茄、牛油果和粉色的迷你萝卜，洗好叶菜沙拉。粉色迷你萝卜切片后内里白色、边缘粉色，在沙拉里起装饰作用。把沙拉的所有内容放进木盆，一切就绪，取完烤鸡再调沙拉汁即可。

重回肉店，迫不及待，师傅仰头，用下巴指指烤炉，笑着："Il est toujours là.（它一直在那儿呢。）"还要再等五分钟。在门口晒太阳，等待。师傅端着铁盘出来装烤鸡，他说："Ça y est !（好啦！）"一起出炉三只烤鸡，还有两只属于其他预订者，师傅逐一把烤鸡装入纸袋称重。他说："C'est pour Mademoiselle.（这是给小姐的。）"像自言自语。

去收银台刷卡，收银阿姨把装了烤鸡的纸袋放在塑料袋里，提到塑料袋提手的一刻确认了这只烤鸡属于我。跟阿姨说再见，祝她周末愉快。师傅弯腰收拾柜台，把未卖尽的肉收起，我也跟他说再见，祝他周日愉快。他起身抬头，我已走出店，回头看到他在橱窗里挥手说再见。

回家，调油醋汁，拌沙拉。把滚烫的烤鸡从纸袋里拿出，放到盘子上。用厨房剪刀剪断绑鸡的棉线，掰下一侧的鸡腿，午饭开始了。天气很好，院子里各家都开着窗，听见刀叉碰到瓷盘的声音，还有模糊的对话声。午饭后烧水冲咖啡，吃过甜点后午睡。阳光晒在脸上，不羡慕在公园里晒太阳的人，晴天的下午在家午睡才是真奢侈。回味肉店师傅的句子，简短且常用的表达，令人安心。羡慕法语母语者使用语言的艺术。

这就是什么也不做的周日。

消费即投票

巴黎的咖啡馆名声在外，可是除了需要与人见面的场合，我不会独自去咖啡馆。并非觉得尴尬，我常独自去餐馆吃饭，丝毫不觉得别扭。不乐意去咖啡馆是因为我不喜欢咖啡馆的咖啡。巴黎咖啡馆的咖啡往往很酸，不论是小小一杯的浓缩咖啡，还是兑了水的加长咖啡（café allongé），都很酸。我不喜欢喝拿铁、卡布奇诺这类加了牛奶的咖啡，在咖啡馆只点不加牛奶的咖啡。加了牛奶的咖啡或许不那么酸？刚开始我以为是那家咖啡馆选的咖啡豆酸，或许别家不酸。试了很多家以后，我放弃了。或许巴黎人爱的就是这种我不喜欢的酸味吧？

我自己冲咖啡，每天早上喝一杯有咖啡因的咖啡，午饭后再喝一杯没有咖啡因的咖啡。买咖啡豆，用手摇咖啡磨磨成粗粉，用滤纸和滤杯手冲咖啡。宿舍附近有一家咖啡豆专门店，店内还卖咖啡器具，且附设座位，可在店内喝咖啡。我第一次去时店员问我想要哪一款咖啡，我说要不酸的，店员推荐了一款名叫“小岛咖啡”的拼配咖啡，据说是由很多热带岛屿产的咖啡混合成的。我非常喜欢，一直去买，还推荐朋友去买。

有一次店员问我：“您知道小岛咖啡为什么好喝吗？”我摇摇头，等她告诉我答案。她说：“因为里面有蓝山咖啡呀！”她又问我：“要不要试试蓝山咖啡？”我马上拒绝：“蓝山咖啡这么贵，我如果喝习惯了，就喝不了便宜的咖啡了。”她笑笑：“那等你过生日的时候来买一包吧！”

搬家以后离开了那个街区，还没来得及发掘新的咖啡豆专门店，就开始了第一轮封禁。于是就在超市买袋装咖啡粉，倒是方便，味道不坏，可是也说不上多好喝，及格的味道。喝了半年，看到枕书买了咖啡机，是放进咖啡豆就能冲出咖啡的优秀机器，忽然想起：之前我也是买咖啡豆的呀。为了摆脱第一轮封禁以来的低沉情绪，决定找一家新的店。

选中的店在七区的瓦海纳街，名为瓦汉纳咖啡烘焙所（brûlerie de Varenne）。法国总理府也在瓦海纳街，咖啡烘焙所与总理府仅有一街之隔。顾名思义，瓦汉纳咖啡烘焙所不是一家咖啡馆，店面不大，店里没有座位。进门左手边的货架摆着瓶装手工果酱、饼干和装茶叶的大罐子，右手边是咖啡豆，每种咖啡豆装在一格里，种类丰富的咖啡豆布满整面墙，而店内最显眼的就是一台巨大的烘豆机器。

我第一次去时，店里的两位大叔在跟一位熟客聊天，一边称咖啡豆的重量，一边说："我是阿尔萨斯人，我们家那边特别重视过圣诞节……"他们互相说了"圣诞快乐"，那位奶奶便提着纸袋离开了。当时是12月初，原来这么早就开始准备过节了。

店员一眼看出我是第一次来，问我是否需要选咖啡豆的建议。我照例说要一款不酸的咖啡，我用滤纸和滤杯冲咖啡。他马上问我用什么滤杯，我说V60。他又问我是大号的还是小号的，我回答小号的。他问："那你有咖啡磨吗？"我点头。他又问："您是不是喜欢那种冲出来很清爽的咖啡？"我说是的。一问一答像完成问卷。他推荐了四款给我，把每一款的特点都说了一遍。我选了一款。他拿着铁质小铲子去罐子里接了一些豆子，倒进旁边的咖啡机，做了一杯浓缩咖啡，他说："你先尝尝看。"很好喝，我决定买一包。

又发现有一款"圣诞咖啡"，问他这是什么味道的，他说香料味和果味比较重，我也买了一包。还买了一包无咖啡因的咖啡豆。他问我要不要办会员卡，我说好啊，他又解释说："我们不会给你发广告的，我们只是想看看客人喜欢哪一款咖啡，以后多做一些。”另一个大叔嘿嘿一笑：“我们也会给会员送一些礼物。”出门的时候又听两位大叔分别说了一堆“祝您散步愉快”“今天过得愉快”“周末愉快”，虽然是客气话，听了还是感觉心情很好。

咖啡豆很新鲜，冲出来的咖啡很好喝。我很快再去，我说要250克的危地马拉和500克无咖啡因豆子，店员问我：“您上次买的是危地马拉吗？”我说：“不是，你的同事上次给我推荐了好几种，我上次只买了秘鲁的，这次买其他的。”被记住的感觉真好。他又问我：“要喝咖啡吗？”我点头说好，他挑了一种我没有买过的豆子，放进机器里，问我：“浓缩咖啡？”我说好。

冬天室内外温差大，眼镜蒙上雾气，我摘了眼镜又戴上，还是有雾气，又摘下来。他晃晃自己的眼镜：“冬天戴眼镜真是不方便啊。”我问他：“你们年底会放假吗？”他说：“只休24日和31日，最近连周日都开门。我们一直都在。”我说：“那我就没必要囤货了。”他狂笑，大概是我用词夸张。小小的店里又进来两位顾客，我结账离开。

我成了这家店的常客，每当玻璃罐子的咖啡豆快要见底，就去买。最初店员问我要不要喝一杯，我以为是为了让我试喝以便决定是否要买，后来每次去，他都问我要不要喝咖啡。有时跟朋友在附近散步，顺路去买，店员直接用咖啡机打两杯咖啡，给我和我的朋友。有一次傍晚去买咖啡，店员照例问我是否喝一杯，我说不了。结账时他又问我："真不喝？"我解释下午三点以后不喝真咖啡，如果有无咖啡因咖啡，那么喝一杯。他说："我去看看机器是不是空的，如果是空的，就把无咖啡因豆子倒进去。"机器是空的，于是我喝到了咖啡。

我常在等咖啡的短暂时间跟店员聊天，比如夸奖店里小花瓶里插着的银荆很可爱，或是说我最近最喜欢的是秘鲁那款。每次都能喝到的这杯咖啡让我发现了一些新的咖啡豆，这正是小店不可替代的魅力。后来，我知道了两位店员的名字，一个叫劳伦，另一个叫菲利普。

如果希望以后也能在充满魅力的小店里买东西，那么从现在开始就要支持小店。有一次去市场，三个年轻人递给我一份折页，其中一人跟我介绍这是本区为环保所做的新举措，有空可以一读。接过来，回家翻看，宣传单的意图十分明显，是为了给本区的候选人拉票。可是他们却把这份宣传单给了根本没有投票权的我。想起枕书常去的一家名叫 Sisam 的店，在京都大学农学部附近，宣传语是"购买即投票"。买东西并不是付钱和拿到东西这么简单，选择在哪儿买东西非常重要。当下的消费是对未来的投票。

2021 年 4 月

不再是孤岛

2020年秋天，我开始写稿，赚了一些稿费。有了预算之外的闲钱，有了更多钱吃东西。我的稿费其实没有那么多——没有看起来那么多。去年做翻译、写稿子一共挣了5000块（税前），跟朋友激动地说起自己的稿费数额，朋友冷冷地回："要是欧元还行。"当然不是欧元。为什么我会给人一种稿费很多的错觉呢？因为我能把同一笔稿费花上三遍。在写稿子的时候，我觉得我已经在写了，可以花钱，这是花的第一遍；在稿子刊出时，我想着稿子已经发出来了啊，可以花钱，这是花的第二遍；等真正收到稿费的时候，欢呼雀跃，哇，真的稿费来了吔，又去花钱，这是花的第三遍。

2020年11月我写了在绘本图书馆借了波米诺（Pomelo）

系列绘本的经历。波米诺系列有好多本，当时只借了三本。2021 年 2 月，在去买咖啡豆的路上经过了 Chantelivre 书店。店面很大，有多个橱窗。其中一个是绘本橱窗，经常更换，主题不同。我一直想认识负责绘本橱窗的店员。绘本橱窗主题鲜明，有可爱又不造作的装饰，选书品位也非常好。看到那个橱窗就想冲进店里买书。

那天橱窗的主题是旅行。我已经很久没有旅行，仅是“旅行”这两个字就让人心醉神迷。而橱窗里的一本书是《波米诺去旅行》(*Pomelo voyage*)，小小的绘本摆在一个蓝色的行李箱前面。我想起之前没看完的波米诺系列。进了书店，翻了翻那本《波米诺去旅行》，很有趣，不好意思在店里一直翻，决定去图书馆看。

读完了《波米诺去旅行》和《波米诺恋爱了》(*Pomelo est amoureux*) 这两本绘本，我写了一篇文章。在那篇文章里，我写了波米诺在厨房旅行时曾跳上的咕咕洛夫蛋糕。咕咕洛夫蛋糕是一种用中空钟形模具做出来的蛋糕，质感类似海绵蛋糕，有很多变体，不变的是蛋糕上撒着一层糖霜。我的朋友豆是负责我的文章的编辑。她读完这篇文章以后说她很想吃咕咕洛夫蛋糕。

如果把咕咕洛夫蛋糕翻译成奶油蛋糕，就无法凸显咕咕洛夫蛋糕的独特之处。所有的东西都是这样，一旦有了自己的名字，就成了一种独特的存在。蛋糕也是这样，一旦知道有一种蛋糕叫咕咕洛夫蛋糕，就会在意，就会想吃。我吃过很多次咕咕洛夫蛋糕，也正是因为吃过，才在读故事时意识到作者说的是咕咕洛夫蛋糕。如果做翻译，“咕咕洛夫蛋糕”这 6 个字就值很多钱。译者要吃过至少两次才能记住，这 6 个字至少值两份咕咕洛夫蛋糕的钱。

又一次去买咖啡豆，经过点心店，透过橱窗看到店里的架子上摆着一排咕咕洛夫蛋糕，决定买一个。点心店名叫“蛋糕和面包”（des gateaux et du pain），简简单单，是甜点师克莱尔·达蒙（Claire Damon）的店。巴黎有很多甜点店，遗憾的是：单独以自己的名字开店、闯出一番名堂的甜点师绝大部分还是男性，自己开店的女甜点师很少，其中一位就是克莱尔·达蒙。每次经过都尽量买点什么，算是支持。那家店旁边曾经还有一家甜点店，叫“梦幻甜点店”（pâtisserie des rêves），很好吃，但后来莫名其妙倒闭了。这家倒闭了的甜点店让我意识到我应该用消费作为实际行动去支持喜欢的店，让喜欢的店挣钱，让认真工作的人挣钱。

克莱尔·达蒙做的点心很好吃，外观漂亮，但并不浮夸，口感均衡，不过分甜，能发挥出食材的优点。以柠檬挞为例，一般的店可能做得太酸，或者为了掩盖柠檬本身的酸味放太多糖，吃起来太甜，可是克莱尔·达蒙做的柠檬挞既有柠檬本身的香气，酸甜适中，又有好吃的挞底，两者搭配堪称完美。法语把两个东西组合在一起效果特别好的情况称为 un mariage parfait，字面意思是“完美的婚姻”。

做甜点很难，想达到比一般好吃更高的程度，每提高一点都要付出巨大的努力。为了这些努力，贵一点也值得。我在赚到了稿费以后，开始有能力去支持自己喜欢的店，有了去支持那些努力的觉悟。

我开始思考人在一座城市里经历的互动关系。偶然在书店橱窗里看到一本绘本，去图书馆借到，在绘本里读到一种蛋糕，在遇到这种蛋糕时又想起了读过的故事，然后去买蛋糕。很多东西都默默地联系着，它们好像约好了起出现,让我体验一些美好。我感到自己被这座城市承托着，我在这里感受到了一种相通的关系。那些阅读、生活和写作相互交织的时刻总是让我激动。我甚至开始想：我能写作也是因为我住在巴黎，离开了巴黎，我什么都不是。

疫情后人们说人变得“孤岛化”了，我跟朋友说起这个表达，她说:“在疫情之前，我们也是孤岛啊。”确实是，我在巴黎无亲无故，朋友有限，社交简单，在没有被要求尽量待在家里之前也过着近似封禁期间的生活。我虽然是一座孤岛，却被巴黎这片巨大而温暖的海洋承托着。

2021 年 3 月

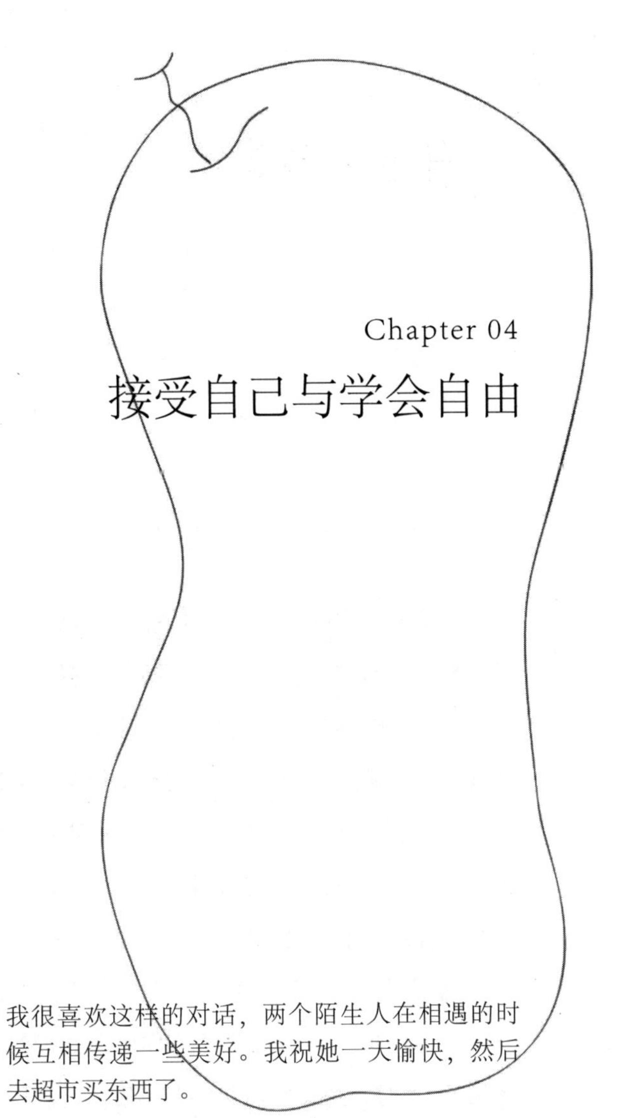

Chapter 04

接受自己与学会自由

我很喜欢这样的对话，两个陌生人在相遇的时候互相传递一些美好。我祝她一天愉快，然后去超市买东西了。

我有这么多头发

我有很多头发。不好好打理的时候头发就会散开，变得蓬松，像一只狮子。我看过歌舞伎《镜狮子》和《连狮子》，里面演狮子的演员头上戴着长毛装饰，一定很重吧？顶着重物还要跳来跳去，还要去赏牡丹，我很能想象那是什么感觉。

小时候一直被奶奶说头发厚、命不好，那句“贵人不顶重发”我一直记得，她还说我有一个什么“关”，需要请个跳大神儿的来家里“破”一下。我当时还小，还不知道“命”是什么意思，但是已经知道“不好”不是好话，于是跟妈妈说起这件事。妈妈很生气：“你奶一天天的，净搞些封建迷信。”当时我还不知道二十多年后的自己居然还在思考究竟什么是“封建”。

妈妈没有说头发多跟命运有什么联系，但是我感觉她还是觉得我头发多是一件麻烦的事情。她不肯让我留长发，长头发又要洗又要梳，她说没空帮我打理。于是我在小学三年级之前一直是短发，频繁去跟我家在同一条街上的理发店理发。经营理发店的是一个奶奶，我当时还很矮，坐下还没有椅背高，如果坐在普通的椅子上她就够不到我的头发。解决方案是拿一块木板搭在椅子的两个扶手上，我再坐在那块木板上。她常常问我鬓角要不要修，不过我当时根本不知道什么是鬓角，于是有时说要修，有时说不修。在尚且不明白一些词的意思的混沌状态中，原来也可以使用语言。

在短发阶段，虽然我不会自己洗头发，但还是很在意发型。早上起床后如果有几撮头发翘起来，就用水拍在头发上，试图将头发压好、理顺。头发多的话，早上就有更大的概率奓毛。在东北话里，“奓毛”可以形容猫之类的动物，也可以形容人。形容人的时候,既可以表达头发翘起的意思，又可以形容生气发火的状态。最近才知道“奓毛”的写法，之前还以为是“炸毛”。有一次我顺手拿起了桌上的玻璃杯，把杯里的水拍在头发上，却不知是蜂蜜水。白天倒是没有异样，晚上回家以后妈妈要给我洗头发时发现我的几撮头发粘在一起了。她用的词是“擀粘了”。于是知道不能用蜂蜜水涂头发。那大概是最早的关于在乎外表的记忆。在乎外表这件事，用我妈的话来说，是“臭美”。

后来我终于学会了自己洗头发，可以留长发了。学会洗头发这件事可能并不值得骄傲，可是对头发很多的我而言，自己洗头发并不是一件容易的事。学会洗头发以后，又发现梳头发也很难，不能把马尾梳得太高，不然感觉很重；也不能扎得太紧，不然头皮会被拉扯得很疼。扎马尾一不小心就把头绳拉断，因为头发多，头绳扎两圈有余，扎三圈又不够，在试图扎第三圈的时候往往会把头绳拉断。有时为了梳开打结的头发一不小心就把梳子齿弄断，因为这样的事情没少挨骂。

上大学以后发现同学都用吹风机，洗完澡以后大家在大澡堂的镜子前排队，等着用澡堂的公用吹风机。自己有吹风机的同学则不用等，直接把自己的吹风机插上电源就可以用，很是从容。吹风机对我而言是很陌生的东西。我妈虽然有一个吹风机（据说是某年单位发的），但是从没见她用过，一直整整齐齐地收纳在纸盒里，放在柜子的深处，理由是我爸觉得吹风机噪声太大。

在上大学之前，我都没有用过吹风机。上大学以后也并没有特别在意吹头发这件事，如果洗完澡以后吹风机恰巧没人用就去吹一下，如果排队的人很多，就直接回寝室，用毛巾擦干。上小学的时候冬天洗完头发以后用毛巾擦一遍，然后就出门在院子里站一会儿，头发上的水珠很快就结成冰，把冰碴儿拍下去以后头发就算干了。这是一种方便的风干方式。我其实觉得洗完头发不吹也很好，那段头发湿着的时间里，头发服帖而柔顺，感觉自己不那么像狮子。

三年前，我的邻居，一位意大利姑娘忽然叫住我，她说：“你的头发真漂亮，你用什么产品？”当时我没太明白什么意思。“产品？就用洗发水和护发素啊！”她很好奇，追问我具体用什么牌子的洗发水。我说海飞丝。她表示不知道，我一个字母一个字母地拼了出来，她还是不知道。我说：“超市里就有卖的啊。”那似乎是第一次有人夸奖我的头发。

之后有一次去看牙医，因为要躺在椅子上，马尾碍事，我就把头发散开，拨到一边，等着牙医给我系蓝色纸质衬布。她忽然摸了摸我的头发，叹了一口气，说：“我好羡慕你啊，你有这么多头发。”她又摸摸自己的头：“我的头发好少啊。”那是我第一次听她说起自己的烦恼，我之前以为长得漂亮、身材完美、读了很棒的医学院又继承了家族诊所的法国女孩怎么可能会有烦恼。

我忽然意识到原来头发多是一件好事。回忆起刚上大学时的一些对话，那时有同学说我头发多，我当时很生气，以为他们是说我命不好，往往会很激动地回：“干你屁事！”他们说的“你头发好多啊”的语气似乎不是很明显，我直接把这个句子理解成了感慨，从没想过这也可能是一种赞美。从小到大，我一直记得奶奶那句“头发多、命不好”，头发多所有人都能看到，那么我命不好这件事所有人都知道？我一直以为旁人感叹我头发多是暗示我命不好。那个意大利姑娘和我的牙医的话让我明白原来头发多是令人羡慕的事。我之前是不是伤害了那些本来想夸我头发的同学呢？

到巴黎以后，找到了一位日本理发师。最开始是一个邻居推荐的，我抱着试试看的态度去了一次，发现她剪得非常好，此后便一直光顾，再没有去过别家。日本理发师一头干练的短发，头发也很多，她很了解头发多的烦恼，会问我："哎，很重吧？"是啊，重得感觉头都大了，字面意义上的头大。她每次都帮我打薄，打薄的法语是 désépaissir。真神奇，法语里形容头发厚用的词是 épais，字面意思也是"厚"，惊人的巧合。

这位理发师从来不推销，每次剪发之前都认真询问我的要求，希望剪多短、打薄多少、什么感觉的……除此以外，她几乎不说话，我觉得非常好。我受不了一直试图搭话的理发师。她收费不便宜，每次结账时，她还会有些不好意思地说"我们今天也剪了很多呢"，指指剪发的三档价格里最贵的那一档。我每次都爽快地付钱，然后说谢谢。因为第一次在她那里剪过头发以后，我像是发现了一个全新的自己，原来头发多也未必要每天都像狮子一样生活，剪得合理的话，头发也可以显得柔顺，也能有发型可言。她还教了我很多打理发型的方法，如何用卷筒吹头发才能把发尾吹成自然的向内扣的卷，如何用发油让头发不再毛糙，如何用夹板烫刘海。我觉得她的工作完全值得她开出的价钱，此后便一直去她那里剪头发，也推荐朋友过去。

后来有一次我的朋友去了她那里剪发，得知理发师最近手腕劳损，可能暂时不能做太复杂的造型了。我一下子很紧张，如果她不能给我剪头发，我该怎么办？过了一段时间，发了短信问她是否康复，她说已经没有大碍。我顿时感觉松了口气，马上预约下次理发的时间。

大部分时间我跟她说法语，偶尔说日语。她那里有很多日本杂志，每次都说可以随便看。我很好奇这些杂志是在哪里买的，听她介绍才知道巴黎也有日本书店。有一次去染发，涂好药膏，坐在发热罩子下，她问我要喝咖啡还是茶。我看了下时间，已经过了下午三点，便说喝茶。很快，她端出一杯柠檬花草茶，旁边的小碟子上放着一块点心，是好久没吃过的白色恋人。“茶很好喝。”我说。除了讨论头发和怎样剪的对话，我们没有聊过其他话题。

2020年5月，第一轮封禁将要结束，我跟她预约理发，约了空着的时间里最早的一天。那天她跟我说了好多话，说自己封禁时的生活，说自己的恐惧和不安，问我封禁的时间是如何度过的，也问我现在在做什么。我和她都聊起了前一年的旅行。我感觉好像有什么东西发生了变化，她好像愿意说话了，我也很想说话。人与人之间的联结果然不可替代。那天，她照例为我打薄头发，从店里出来，我骑上自行车，一路上风吹起我的头发，心情轻松得想唱歌。过桥以后在花店买了一把粉红色的芍药花，忍不住感慨解封了真好。

2020 年 10 月我又去找她剪头发，当时情况已经不太妙，大家都知道第二次封禁就要开始了，只是不知靴子何时落地。她问我："你自己剪的刘海吗？"我说："是啊，没办法。我剪得不好。"她说："没有没有，你剪得挺好的。"那一次她竟然聊起了个人话题，说了她的公寓什么样，说起自己的感情生活，甚至给我推荐了巴黎卖长崎蛋糕的店……她说："难道要一辈子都戴着口罩生活？我已经受够了。"那之后没多久，第二次封禁就开始了。

2021 年 3 月到 5 月，是第三轮封禁。5 月 1 日法国人互送铃兰花，收到理发师的消息，是她拍的照片，工作台上花瓶里插着一小把铃兰，上面写着一行字："Bientôt bonheur liberté retrouvée.（幸福的日子很快就来了，重获自由。）"据说 5 月中旬解封。

我终于接受了自己的头发，知道了头发多是一件好事，虽然实际生活中打理狮子头很麻烦，要付出很多努力才能不爹毛。也试过各种各样的洗发水，去药妆店时往往会鬼迷心窍一般拿起货架上的一瓶去结账。曾经买过一款，里面是绿色液体，夹杂着深绿色的小珠，是为精华云云。因为很有人气，便决定买来试试。用了几次以后感觉不对劲，包装上写着"防脱发"和"让头发有空气感"。这哪里是我需要的东西。

我需要的是让头发显得不那么多啊。后来便放弃寻找让头发显得不那么多的洗发水了，这种洗发水大概是不存在的吧，毕竟各个品牌都在努力研发让头发显得多的产品。陆续买过芒果味和橙子味的洗发水，一旦放弃追求洗发水的功效，反而轻松起来，选一个味道好闻的就成了。

在图书馆自习，因为要上厕所、接水和吃饭，总是进进出出。最开始非常不好意思，因为觉得自己打扰了坐在同一张大桌的其他人。不过我也好奇，他们为什么能连续两个小时坐在那里一动不动地看书、写东西呢？不需要上厕所吗？也不需要喝水吗？这么久都不动，不会有患痔疮的风险吗？后来我明白了：他们似乎就是要显示出认真勤奋的样子吧。我曾看到有人在有了灵感、打字飞快时一脸得意。不过这种时候我也不怕，我就把手伸到头后面，把头绳揪下来，让头发散开。哈哈，我有这么多头发！

2021 年 1 月 第一稿

2021 年 5 月 第二稿

毛茸茸

街区里有一家兼卖儿童服装和毛绒玩具的小店。这家店在我去超市的路上，每次经过都被橱窗吸引。店门位于中央，左右两侧各是一个橱窗。橱窗常常更换，与季节时令契合。我屡次趴在橱窗边张望，但是没有勇气进去。在法语里，这种只看不买的行为叫作“舔橱窗”。玩具店的老板是个 60 岁左右的大爷，戴着黑框眼镜，头发全白了。有时会与老板的目光交会，赶紧逃走。2020 年年底我第一次去店里买东西,买了一棵毛茸茸的小树。我发现他的声音很年轻，说话也很活泼，一点都不是我想象中那种严肃、可怕的性格。

第二次去买东西是 2021 年年初，老板正在跟一个熟人聊天。熟人看到有顾客进来也很体贴地准备结束对话，说：

“啊，这周末我们要吃第二轮国王饼，你也来吧？”老板很惊恐地用一种“饶了我吧”的语气说：“不不，还是算了，不想再吃国王饼了……”他的熟人笑了笑，便推开门走了。老板大概是这一阵子吃了太多国王饼吧。年末年始的聚餐甜点往往都是国王饼，因为味道不错，吃的过程又有趣味性和娱乐性。他大概是吃够了吧。

这家玩具店卖很多jELLYCAT的毛绒玩具，我很喜欢。本打算买山毛榉叶子、橡树叶子和橡子的毛绒玩具，在他们说这几句话的时间里拿定主意，嗯，要那个山毛榉叶子的毛茸茸,橡树叶子的毛茸茸以后再买。我喜欢把“毛绒玩具”称为“毛茸茸”，因为我觉得毛绒玩具不只是玩具。在架子上看了一圈没有找到橡子的毛茸茸，问了老板，他说：“前一阵子年末全卖光了，下周也许能到货。”我说好，这次先买这个，递上了山毛榉叶子。

他问：“要帮你包起来吗？”

我说：“不用了，是给我自己的。”

他已经回过身要拿包装纸,听了我的回答开始狂笑。唉，这么大的人还买毛绒玩具，确实有点可笑。他大概不记得我之前买毛茸茸树的时候也是给自己的。他笑起来不停，我感觉有些尴尬，于是一本正经地说：“其实我现在在写一篇关于森林的文章。”没敢说是在写论文。他也没有问我具体在写什么，说：“我希望它能给你带来灵感。它好软啊，可以当一个小靠垫、小抱枕，午睡的时候可以趴在上面，啊，你写文章的时候会不会在上面睡着啊？”

我不知如何回答，对于这样逗趣的话我一向只能听懂却接不住。理想的情况应该是做出一个同样幽默的回答，这样既表现自己听懂了对方的幽默，又能展现自己的魅力。可是我做不到，只能重复说：“啊，是啊，好软啊。”确实是软乎乎的。为了扳回一局，显示我是个有知识的人，我说：“这个是山毛榉的叶子，那个我没有买的是橡树的叶子。”他有点惊讶，说：“对的，还有另一款枫树的叶子，我刚卖掉。”我点头表示我知道那个词的意思，然后用手比画出枫树的形状，他说：“对的，就是那种，加拿大那种。”好的，我大概显得是有点知识的人了。

其实之前每次买毛绒玩具都会遇到同样的问题。我挑好以后拿去结账，店员的第一句话就是：“是送人的吗？帮您包起来？”确实也有送人的时候。我搬家以前住的那个街区里也有一家玩具店，风格甜美可爱，橱窗里总是摆着毛茸茸的兔子，那时我也经常趴在橱窗那里看。第一次进去是为了给我表哥家的小孩买礼物。进店跟店员互相打过招呼以后，对方就沉默了。我不是孩子，看起来也不像有孩子，逛这种儿童玩具店显得有些突兀。我决定买橱窗里的那种兔子以后，店员的表情好像轻松了一些。

我曾跟认识的法国女生讨论这个话题。她说她确实有一个毛绒玩具，但那是小时候就有的，从小就带在身边，现在不会买毛绒玩具。在路上观察一番以后，也可以得出类似结论：法国女生都在努力显得很酷、很不好惹，怎么会买毛绒玩具？那次我确实是送人的，也没什么可尴尬的，直接说要送人，店员便迅速帮我包起来。半透明的白色包装纸，上面系着白色缎带，放进灰色的纸袋里。我仔细把这堆东西收在行李箱里，打算回国以后送给表哥家的小孩。

回到家以后，我跟爸妈说给表哥家的小孩买了礼物，小心翼翼地把已经包好的兔子拆开给他们看。我妈用的形容词是“旧了吧唧的”。我很失望，米色的兔子明明很可爱，怎么会旧呢？我小时候养过兔子，最开始养过红眼睛的白兔，后来养的都是黑眼睛的棕色兔子。它们看起来一点也不娇气，很有自己的主意、很智慧的样子。后来我看到彼得兔，一下子就想起了我小时候养过的棕色兔子，神情简直一模一样。虽然白色兔子也很可爱，但我还是喜欢棕色兔子。我当时养的那些兔子都在我不知情的情况下，被家里的长辈杀掉吃肉了，可是他们似乎不记得我养过兔子这件事了。我又拿起那只米色兔子问我妈：“哎，不觉得挺可爱的吗？”她好像感觉到我似乎有点难过，也想安慰我，说：“旧一点也挺好的，不显脏。”我还是忍不住说：“啊，好可爱啊。”一边说一边摸那个不属于我的兔子，我妈又说：“你要是喜欢就自己留下吧，别给他了。”哎，这怎么行，说了是给小朋友的。

后来还是给了，亲戚们一起聚到姥姥家吃饭时给的。本打算给表哥的，但是表哥没有来，于是给了表哥的妈妈，我大姨。大姨对我选的兔子没有兴趣，不住地抱怨她的儿媳妇："唉，这个女的把我儿子都欺负死了，居然晚上让孩子跟他睡，尿布也让他换。哪有让一个男的看孩子的?！唉，真是被欺负死了，让他站着他都不敢坐下……" 我听得不耐烦，问大姨："这是他跟你说的吗？还是你自己觉得的？"大姨说："他倒是没有说。" 我说："那他可能很快乐呢，照顾自己的小孩。"

后来表哥拨了视频过来，说没能来聚餐很遗憾，又在视频里给我看了他的小孩。几个月的小孩，很可爱。表哥也很幸福的样子。我丝毫不觉得他不情愿，也没有觉得他被欺负了。我跟大姨说："他是你的孩子，他也是另一个人啊。"大姨很困惑，说："这是什么意思，怎么是另一个人？" 我又说："如果我结婚了，生了孩子，丈夫帮我照顾孩子，你听了会高兴吗？" 她说："那当然高兴啊。" 我说："那你从你儿媳妇的角度想想呢？" 她感觉自己被戳中了，马上找补："哎，那不一样，不一样，反正就得自己家人合适。" 我没有再说什么，也不知道表哥家的小孩是不是喜欢我选的米色兔子，他们之后也没有告诉我。

那之后的夏天，我去看医生，回来的路上经过那家店的兔子橱窗时忽然决定给自己买一个。每次看完医生都忍不住买些可爱的东西，是给自己的安慰。店员问我要不要包起来，我违心地说了：“是送人的，麻烦包起来。”其实只是怕被人当成奇怪的人。回家以后拆开包装，感觉好像收到了一个自己给自己的礼物，看病的痛苦也消散了一些。

我给表哥家的小孩买兔子时，没有注意玩具的品牌。后来我的朋友豆来巴黎，我带她去了那家玩具店，说起那只兔子，她告诉我那是吉利猫牌的，而且那家店里卖的款用了liberty布料，似乎很少见。我的朋友豆是吉利猫的忠实爱好者，她不仅有企鹅，还有我想买的三款森林系列毛茸茸——山毛榉叶子、橡树叶子和橡子她都有。有人问她：“请问这些可爱精是什么呀？”她回答：“买了就没烦恼的jELLYCAT。”

从那以后，我就掉进了jELLYCAT的兔子洞。

2020年春天我的另一个朋友生了小孩，我打算给她寄一个包裹。可是那时正是第一轮封禁，店不开门，解封以后又开始放暑假，店还是不开。夏天快结束时，那家兔子店终于开门了。我还是要买米色的兔子，跟店员说了以后，她很体贴地说：“我去库房看看有没有新的。”她很快从库房回来，说：“米色兔子没有新的了，但是白色的兔子有新的，你要不要白色的兔子？”我说不了，就要橱窗里的那只米色兔子。我没法跟她解释我对米色兔子的感情。

她问我要不要包起来，我说要的。独自一人待在家里太久了，好不容易有了说话的机会，趁着店员在包兔子的这段时间，我说：“我的好朋友最近生了孩子，这个兔子是给她的孩子的。”她问我：“她还好吗？”我没有料到她会问我问题，想了一下，明白了她是在问我的朋友生孩子是不是顺利。我说：“一切都很顺利，我的朋友很好，妈妈和孩子都很好。”她又问：“小孩起名字了吗？叫什么名字？”我说：“起了名字了，叫 Stella。”她感叹：“好美的名字啊！”我说：“是啊，是星星。”

她仔细地帮我包好兔子，还问我要不要把小票放进去，说万一我的朋友不喜欢可以来退换。我说不用了，我的朋友住在德国。她又问：“那你要坐火车去看你的朋友吗？”我说：“不是啊，现在旅行也不方便，我打算寄过去。”她点点头，继续包兔子。

店员在听到我说朋友生了孩子以后的第一个问题是妈妈还好吗，这是多么温柔的问题。第二个问题是孩子叫什么名字。是啊，即使只是一个刚出生的小宝宝，那也是一个个体了，也是一个有自己的名字的存在。我以后也要做这样的人，听到别人说有人生了小孩的时候，第一个问题不再问孩子的性别，而是问“妈妈还好吗”。

我后来把那只米色的兔子寄给了朋友。她很喜欢，还发了小孩跟兔子一起玩耍的视频给我。我印象很深，收到那个视频时正在月台上等地铁，看到那个视频以后一路上都忍不住微笑。那是我买的第三只米色兔子了。我的朋友后来还给她的宝宝买了毛茸茸的小企鹅。哈哈，大家一起掉进 jELLYCAT 的兔子洞。

去年夏天我也买了小企鹅的毛茸茸。那时正为一些事情困扰，不知如何应对，在逛博物馆的纪念品商店时看到了一堆毛绒玩具，仔仔细细地欣赏了一遍以后告诉自己：先别买了。身旁一个小孩央求父母给买玩具，父母不肯，小孩很难过。我忽然下定决心要买毛茸茸，直接冲过去，从那一堆毛茸茸里拿起了毛茸茸的小企鹅。顾不上看那个小孩的表情，我知道他一定很羡慕我。这就是当大人的好处啊。可以买自己喜欢的毛茸茸，可以买两个球的甜筒冰激凌。

曾买过一个大的甜筒冰激凌，坐在长椅上吃，长椅的另一边坐着一对母女，小女孩看到了我的冰激凌，跟妈妈说："我也想吃冰激凌。"她的妈妈很冷酷地回答："不行。"小女孩又奶声奶气地问："为什么？"她的妈妈没有回答她。我感觉她一定很恨我，哈哈。

拿着小企鹅去结账，收银台那里是两个女店员，其中一人问我要不要包起来，我骄傲地说："不要，我要自己玩。"她开始笑，旁边的另一个女店员被吸引过来，两个人都忍不住摸了摸小企鹅，一直说："啊，太可爱了！"看来法国的女生也不是不喜欢毛茸茸，她们或许只是在路上、在陌生人面前装得自己很酷吧。哎，有什么人会不喜欢毛茸茸呢！

买了小企鹅以后心情好了很多。

今年春天，街区那家玩具店布置了春天主题的橱窗。3月水仙花开了，纤细的绿色叶子随风摇摆，浅黄色的花瓣，明黄色的花心，远远看过去生机勃勃。玩具店橱窗里也摆了水仙花的毛绒玩具。还有毛茸茸的兔子，不仅有平常就有的小号的和中号的兔子，还有一米高的超大兔子。超大兔子的一只脚跟中号兔子一样大。我在橱窗前看得痴迷，一个女人停在我身边，她也被橱窗吸引，我对她笑笑："这兔子真大啊！好可爱！"她点点头。我说我有那个中号的。她问我多少钱，我说了中号和小号的价格，大号的我不知道。她说："我觉得这个未必卖。"她忽然敲敲橱窗，又用手指指那只大兔子，比画了一个数钱的手势。老板马上出来了，说那只大的200欧元。哦，实在是不便宜。

老板又说："快过复活节啦，所以橱窗里放了很多兔子。平时当然也卖，有很多颜色，但是平时没有这只巨大的兔子。"

他指指橱窗里的毛绒玩具胡萝卜，说："还得给它们一点吃的！"

女人问老板："这些是给小孩的吗？"

老板说："才不是呢，是给所有人的！"

我不好意思地笑笑："其实我常来。"

她问我："来逛这家店吗？"

我说："是啊，来买毛绒玩具。人们都觉得只有小孩才玩毛绒玩具，其实我觉得不是这样的。我很喜欢，就买了。"

她若有所思地说："是呢，封禁期间有毛绒玩具就好了，可以给它们穿衣服，围围巾，可以抱抱它们，跟它们说话。"

我说："是啊，很治愈。"

她好像想起了什么，说："我小时候住在乡下，很喜欢跟小动物说话。"

我说："您跟圣方济各一样呢！"

她好像没想到我会这样联想，但又觉得这个联想很妙，继续跟我讲她的儿时回忆："我还观察蚂蚁，蹲在地上，看它们进进出出，蚂蚁不是会准备冬天的粮食吗……"

我很喜欢这样的对话，两个陌生人在相遇的时候互相传递一些美好。我祝她一天愉快，然后去超市买东西了。

2021年4月

妇女节快乐

我是上大学以后才知道居然有“女生节”这么一个东西的，上高中的时候没有听说过这种东西。楼下拉着很多条幅，男生们给女生送早餐、送花、抽签满足一个愿望云云，不同院系之间还要比较、竞争。大一那年，我尚未得到任何启蒙，可也本能地觉得不对劲。只做一天算什么事呢，一年里的其他时间是什么情况呢？那时“女神节”之类的说法还没有出现，也没有很多钱来网购。

我觉得不开心的另一个原因是 3 月 7 日是我的阳历生日，虽然我在上大学以前家里一直是过阴历生日。我本来挺开心的，自己的生日没有撞上什么公共假日，结果在上大学以后突然发现我的生日成了“女生节”。所有人都在忙活着拉条幅和送礼物，我的生日就这样被冲淡了。同学知道我的生日后，每年“女生节”都会想起来那天也是我的生日，我的生日就跟这样一个东西联系在一起了。

于是我决定过阴历生日，周围有人觉得我是个事儿多的人，可也有朋友记住了我的阴历生日。

后来我决定整个3月都过生日，再后来我决定整个春天都过生日。在我刚认字没多久的时候，我看着爷爷奶奶家那种一天撕一页的挂历牌儿，知道了我生日附近有一个节气叫“惊蛰”。我还问大人们什么意思，他们告诉我是土里的虫子都要出来了。我觉得这很不错，生机勃勃的春天。

我小时候很喜欢过生日，因为可以吃蛋糕。最开始的蛋糕是麦淇淋的，硬邦邦的。我清楚地记得剩下的蛋糕被放在厨房一角的场景，记忆里的画面中那蛋糕很大，与我的视线是齐平的，这说明我那时还很矮。后来我婶开了自己的糕点店，做一些朴素的蛋糕、吐司，也做炉果和油茶面。她还做生日蛋糕，人们提前几天来订，留下名字和座机号码。那时有一个姐姐是大年初一还是大年初二的生日，每年她和她妈妈都有些不好意思地提前过来，因为觉得要麻烦我婶过年期间也工作。我婶很喜欢那对母女，每次她们来了，我婶都要叫我过去，我知道为什么，因为那个女孩考上了我们那儿最好的一所高中，我婶的意思是让我跟姐姐学习一下。在没有真正的姐姐的情况下，所有比自己大的女孩子都成了姐姐。我后来也考上了那所高中。

那时我还不知道我婶是因为下岗了才开糕点店的。作为小孩子，我只觉得开心，因为可以吃很多点心。虽然有时候会吃到一些难吃的试验作品或失败的东西，但那也很快乐。我婶拜了一个师傅学做点心,那师傅家住在另一个区，很远，坐车要很久。可是我婶用这个师傅教她的配方怎么也做不出来在师傅店里做的那个效果，即便时间也把控得很严，按照菜谱上说的那样，一分钟都不差。我就是在我婶的店里学会了看钟表盘的。我在那里帮忙记时间，我婶会叫我在“5 过 3”的时候叫她，其实就是 28 分的时候。

去年秋天我的朋友来我家玩，我打开了新买的栗子茶，拿出了厨房秤来称茶叶，然后打开手机开了计时器。我朋友很震惊，震惊到了要用手机拍照的程度。我想她是没有想到怎么会有人如此精细地泡茶。而我的这种精细的劲儿其实都来自我婶。配方里每一个比例都不能错，温度不能错，让面团休息的时间长度也不能错。可是即使这样子，最开始我婶烤出来的蛋糕还是很难吃，后来才知道师傅给她的配方是错的。是故意的。我当时很小,根本不知道有个姓是“郝”，我以为是“好”,我婶总说的“郝师傅”我以为是“好师傅”，我当时还纳闷这个人怎么这么坏呢。

我婶每年都给我做生日蛋糕，是给我的生日礼物。每年我都很期待，会提前很久开始想要什么样式。翻着我婶的一大堆铜版纸硬壳蛋糕图册，开始设计自己的生日蛋糕，一边设计一边还问我婶某个东西她会不会做。我婶在我的亲戚里是非常洋气的人之一，她会一点点英语，也喜欢画画。我刚学英语那段时间特别高兴，总跟她说我又学了什么单词。那时我学了什么呢，我印象很深的是 eggcup 这个词。这么多年过去了，我在现实生活里一次都没有用过蛋杯，可我最早学英语的时候学了这个词。我婶喜欢找一些挂历纸，用白色的背面画招贴画，她自己画，也让我画，然后贴到门口的一个看板架上去。那个架子侧面看起来是三角形的，是我叔自己焊的。

我婶教给我很多东西。我婶还有一张省图书馆的借书卡，我第一次知道李欣频是在她借的那堆书里。她是我们家所有亲戚里最早订报纸的人，在订报纸之前她常常去买报纸，可是当时离我们那儿最近的报摊也要走上 15 分钟，那时我也很愿意跟她一块儿去买报纸，一来一回是很愉快的散步经历。后来她订了报纸，就不用自己去买了。她好像是我们那片最早订报纸的人，送报纸的人最开始都找不到地址，还打电话来着。

那之后我也开始看起了报纸。附近的亲戚们也常常过来看报纸。后来那家报社庆祝创刊多少周年，在江边放烟花，我婶我叔带我去了，立体的烟花，很好看，拼成很多图案。那是冬天，很冷，我不记得是几月了，只记得烟花表演结束以后，我们走了很久，路上人很多。公交车也不好坐，当时好像很晚了，班次不多。走了很久以后走到了一个广场，那里是一个公交车的始发站，我们在那儿坐上了车。可是那班车也不直接到家，下车以后又走了一段路。可是看烟花很开心，虽然很冷。后来，我给那家报纸写了很多东西，还去报社见过编辑，而那场烟花当时就是在离报社大楼不远的地方放的。

后来，我陆续明白了自己的生日除了对于自己有意义，也对我妈妈有意义，她是在那天生下我的。我不知道每年我生日的时候她会想起什么。我想问问她，又觉得说不出口。后来，我上了一些社会学的课，粗浅地学了该如何设置调查问卷，我开始用这样的思路跟我妈对话。因为我知道如果我问她对这件事怎么看、她有什么想法的话，她大概什么也不会说，还会甩给我一句："别（biè）整这些没用的，快去学习！"

我问她："你在生我之前，知道我是女孩吗？"

她回："知道。"

我又问她："那你有告诉别人吗？"

她说："没有。"

我明白了。

大人们以为小孩子不懂事，其实不是的。小孩子可能在经历一些事情的时候确实不明白或者说在事情发生的当下不明白事情的意义，可是大人们忘记了小孩子有记忆，我记住了非常多的事情，那些事情有的是画面，比如厨房一角的麦淇淋蛋糕；有的是气味，比如我婶用错误的配方烤蛋糕时打开烤箱以后难闻的味道……我记住了很多东西，并且很幸运的是在长成大人的一路上我学到了很多东西，我用我学到的东西重新分析我经历过的事情，那时我就明白了曾经发生的是什么事。有时我把这种分析后的结论说出来，亲戚们都很震惊，他们大呼：“你那么小居然就懂事了？！”不是的，我小时候并不懂。所有的含意都是后来才明白的。

对于“女生节”是怎么回事，我也是后来慢慢明白的，也明白了我为什么不喜欢这个东西。我妈是一个劳动妇女，她一直在工作，就跟我的其他女性亲戚们一样，她总说：“怎么能就在家待着啥也不干呢？咋能待住？”我姥姥也是劳动妇女，她说：“出去挣两个钱多好，管他钱多钱少，自己花着仗义。”我在上大学以后得知有同学的妈妈是家庭主妇，那时我很惊讶，又想起我妈和我姥的话。不过我那时也还不明白，有的人的生活是容易的，是不需要出去工作的。那时我也不明白同样是同学，可是大家的家庭其实很不一样，我们只是碰巧坐在一个教室里。

我妈不知道“女生节”这种东西。我给她发消息，说“妇女节快乐”，她回我：“共同快乐！”

2021 年 3 月

去图书馆野餐

其实我是在读博第二年春天才第一次去了法国国家图书馆的，在此之前一直靠其他的图书馆对付，需要的书倒是也都能借到。不去国家图书馆似乎也没有给我造成什么困扰。

而我对国家图书馆的恐惧来自那本名为《博士论文手记》（*Carnet de thèse*）的漫画。这本漫画的作者蒂菲娜·里维埃尔曾经注册过文学专业的博士，她在这本漫画里讲述了她读博期间的种种经历，其中就包括去国家图书馆的经历。于是我在还没有开始读博之前就知道了：进入国家图书馆的阅览室需要坐长长的滚梯，图书馆里气氛很压抑，而且还需要跟人抢插座（现在其实还好，插座够用）。在蒂菲娜·里维埃尔看来，国家图书馆是给她造成了心理创伤的地方。为了避免遭遇同样的心理创伤，我一直避免去国家图书馆。

读博第一年结束了。放暑假之前导师邀请他所有的学生去他家吃饭，这似乎是一项传统，他还会请一些学术圈的朋友。在那顿饭上，高我一级的意大利学姐问我有没有在国家图书馆看到过羊。我说没有，并且说了没有去过国家图书馆。她很震惊。唉，读博的人不去国家图书馆确实说不过去。我解释说我去其他的图书馆，只是不去国家图书馆而已，并非不看书。

国家图书馆由若干分馆组成，其中一部分在巴黎 2 区的黎塞留街，那里主要是一些珍贵的古籍，而人们平常说起国家图书馆的时候往往指的是在塞纳河边的、位于 13 区的新址，名为弗朗索瓦·密特朗分馆。这座图书馆有四座塔楼，如果从空中俯视的话，这四座塔楼构成了长方形的四角，连接这四座塔楼的四条边就是长长的走廊和走廊旁边的一个个阅览室，而这个长方形围出的区域的中间便是一座花园。图书馆的建筑覆盖着玻璃幕墙，整个图书馆像被罩在一个玻璃罩子里。不知是出于采光的考虑，还是为了纪念建成图书馆之前在此地的玻璃工厂。

这一片玻璃大楼的中央坐落着一个种满了高大的橡树、山毛榉、白桦、松树等的花园。除了高大的树，也有一些灌木，地面还有爬藤类植物和一些小花。与其说是花园，不如说是森林。长方形的楼体围着的花园总让我想起修道院的中庭。这个花园是法国自然历史博物馆的工作人员精心设计的，在图书馆的走廊里可以透过玻璃看到花园，走廊里还设有介绍树木和鸟类的展板。这个花园不仅能让图书馆的读者放松心情，也提供教育的功能。

意大利学姐说的羊就是在这个花园里，后来我开始去国家图书馆了，也看到了花园里的羊，而且看到过好多次。这些羊是被放进去吃草的，既节能，又没有噪声，同时也喂饱了羊,一举多得。巴黎的很多草坪都引进了这种除草羊。可是对当时的我而言，羊这种东西并不能构成让我去国家图书馆的动力。羊谁没见过啊！

后来认识了另一个朋友，我去参加了她的博士论文答辩。她很喜欢国家图书馆，说博士论文就是在那儿完成的，我向她表达了我的担忧，她跟我说那里的桌椅很舒服，是坐一天也不觉得累的那种。我对国家图书馆的恐惧稍稍有些松动了。

而真正促使我去国家图书馆的契机是我遇上了一份材料，它是一份印刷品，我看到的那份上面有一些涂改的痕迹，为了搞清楚这些涂改的地方到底是怎么回事，我需要去核实这份材料的其他版本。而其中离我最近的一个版本就在国家图书馆的珍本阅览室。

国家图书馆分为两层，刚进去的一层是对所有人开放的图书馆，那层位置相对高，从走廊里看外面看到的是花园里的树的树冠，因此这层名为“花园高层”。而往下走就会进入与花园的地面齐平的一层，从走廊里可以看到树干，这一层是对研究人员开放的图书馆，名为“花园平层”。

这里所说的研究人员的范围很广，不是狭义的那种在研究机构上班的工作人员，而是包括所有的硕士生、博士生、老师、记者、已经取得博士学位的人、从事文化遗产研究工作的人……即使是本科生，或者任何一个想查资料的人都可以跟馆员申请，馆员会跟申请者谈话，了解申请者的动机以后便会批准。想进入对研究人员开放的花园平层并不需要什么特权，只需要一颗渴求知识的心。

我要去的珍本阅览室就在花园平层。要下到花园平层的话，需要穿过一道不锈钢板包着的门，乘坐两道滚梯，刷卡过闸机，然后再穿过一道不锈钢板包着的门。这一路两层的墙都是裸露的灰色混凝土墙面，滚梯和大门都散发着金属质感的冷光，有一种冷漠无情的工业感。我的朋友曾说那一路给人的感觉像是监狱，而进去以后就要坐在自己的座位上学习，所有人都像是被判了刑的囚徒一般，必须学完要求的份额才能出去。国家图书馆的建筑给人一种未来感，而当我得知它是在 1995 年 3 月投入使用的以后，我更加震惊了。现在都感觉很前卫的建筑，在 1995 年会给人一种什么样的感觉呢？可是落成典礼的照片上确实是当时的法国总统密特朗，没有错，确实是 1995 年落成的。

珍本阅览室很隐蔽，要乘坐一道位于两个阅览室之间的直梯。上去以后要把随身物品放进存包柜，只能带笔记本、铅笔和相机等必需的物品进入，管理方式类似于档案馆。馆员拿出我预约了的材料，帮我在桌上铺了毛茸茸的酒红色软垫（为了保护古籍）。像所有看珍本古籍的地方一样，那里的馆员也一直尽职尽责地盯着读者，生怕读者搞坏古籍。

不过我那次去看材料的经历很不错，因为遇到了非常好的馆员。她具备丰富的专业知识，又乐于助人，我随口问她这份材料为什么被装订在这个集子里，她马上去查，然后告诉我最初是何人收藏，后来又是如何进入馆藏的。末了还帮忙把相关内容的网页打印了一份给我。查资料很顺利，我对国家图书馆的恐惧也散去了一半。

而另一半恐惧是靠图书馆周边的设置驱散的。国家图书馆在塞纳河边，走下河岸就能看到巴黎大学联盟开设的食堂。食堂在一艘船里，漂在河上，去那里吃饭可以坐在船舱里，天气好的时候可以走到甲板上，在露天的桌椅上吃饭。一边吃饭，一边看着河景和天空，有种自己在海边度假的错觉。我很喜欢这个食堂，那天在那里吃了午饭。沙拉，很多蔬菜，还有鱼，再加一盒草莓酸奶。吃完以后再点一杯咖啡，一边晒太阳一边喝。下午又回去，在阅览室里看书、整理材料。晚上离开图书馆，去了紧邻图书馆的电影院看电影，是滨口龙介的《激情》。我在那里度过了充实、愉快的一天，于是，对国家图书馆的恐惧消散了，从那以后我开始时不时地去那里看书。

国家图书馆的书不能外借，只能在馆内读。听起来可能有些不方便，实际上却不是这样的，国家图书馆有一套很方便的图书预约系统。此外，不能外借也避免了想看的书被人借走、需要等待的情况。提前在网站上查好想看的书，在网上预约，在预约书的同时预约去图书馆的日期和当天想去的阅览室。馆员会提前把读者预约的书准备好，进入阅览室以后刷卡就可以马上拿到预约的书，然后就可以抱着书去自己选定的座位上看书了。

国家图书馆的馆藏也十分丰富，从图书、期刊到古籍珍本，应有尽有。我觉得自己似乎被惯坏了，想看什么书，只要输入标题，搜索一下，然后就可以在国家图书馆看到，而且不用自己在一排排书架之间盯着书脊找书，十分方便。曾经在资料不丰富的年代锻炼出来的在海盗网站上找书的能力完全退化了。

我就这样看了很多与论文相关的书，论文一点点在推进，虽然很慢，但是进展也很扎实。每一次去图书馆，都觉得度过了有收获的一天，回家以后心情也很轻松，可以安心地休息，这对我而言是一种难得的安慰。因为博士论文其实是一项巨大的工程，在浩瀚如海的资料里翻找，试图找出一些线索，处理一个研究主题，具体的工作量很大，而且不知道工作总量是多少，因此也常常担忧、不安。

我努力划清研究和生活的界限，不想让自己陷入低落的情绪。在开始读博之前已经听说了大量因读博而抑郁的例子，人能承受的压力到底有多少，我想我是不知道的。也许跨过一条线以后就是抑郁，而在跨过那条线之前，我并不知道那条线在哪儿。于是告诉自己要放松，要注意调节心情，可是那些不安的情绪是在后台运行的。往往不做研究的时候心里也有隐隐的焦虑，想玩的时候也不能完全放松地玩。儿童时期那种全情投入的玩耍的快乐再也找不回来了。

还要面对旁人的询问。不读博的人常常以为我是一个无所事事的闲人，以为我有很多闲暇，可以随叫随到，因此我常常收到一些临时的要求和邀请。可是我实际上并不是那么闲的，要做的事情非常多，只是没有几时几刻必须到哪里去的义务而已。我渐渐跟这些喜欢抱怨自己很忙、觉得我是闲人的人断了联系。

读博第三年以来常常收到一些询问，这些询问往往来自一两年才联系一次的人。“第几年了？”“你差不多了吗？”“你什么时候毕业呀？”“你以后打算找什么工作呢？”

我常常想回答：“出生以来，今年是我活着的第 30 个年头了。”“差不多什么了呢？”“你资助了我的研究吗？”“工作是我打算找什么就能找到的吗？”归根结底，想说的只有一句话：“干你屁事！”在这些问题里，我意识到读博这件事被污名化了。追求知识的行为在当下得不到鼓励和支持，反而变成了一件被鄙夷和讽刺的事，旁人似乎在看热闹。

我的性别似乎让读博的体验变得更苦涩了。我曾为法国邻居翻译前些年在大学里流行的句子：“这世界上存在三种性别：男人、女人和女博士。”法国邻居惊呼：这也太恶毒了吧。比我年轻五岁的女生佯装抱怨自己的困境：“我妈死活不让我读博士，说我读完博士就年纪太大了，就嫁不出去了。”我开导她：“你想读书的话就读呀，又不是不读博就永远十八，上一辈人没受过什么教育，思想保守啦。”她似乎受到了冒犯，摆出自卫的架势：“我妈妈是大学教授，是经济学博士。”

频繁经历这样的对话，最初也曾怀疑自己，但是后来很快想明白了：那些人是要拖我下水，他们自己不肯求知，便不让他人求知。但是我父母似乎被周围的气氛影响了，旁人问起我的近况时，总是扭捏，仿佛我在蹲监狱。

我可以对他人的询问吼出一句“干你屁事”，可还是要应对家人的问题，我还没有收入，日常生活依然需要家里的金钱支持，是名副其实的啃老者。父母常问我论文写了多少了，他们在得知我的博士论文最少要写300页以后开始有了数字的概念，于是问我的问题也具体起来：“你现在写了多少页了？”后来问：“你的论文弄完了百分之几了？”连总量有多少都不知道，又如何能计算出完成了百分之几呢？做研究、写论文这件事并不像下载一个文件那样有一个清晰可控的进度条。

近年来找学术相关的工作也越来越难。大学纷纷搞了“新体制”，搞“非升即走”，在一定的期限内（之前听说有的大学是六年，最近又听说有的大学是三年）必须有规定数量的论文发表，此外还可能需要申请课题，如果不达标之后就没有工作了。大学也不说“解聘”或“开除”这个词，而是温和的“不续约”。我妈总是催我找工作，可是我的论文还没有完成，不知何时毕业，又何谈找工作？我想给她打打预防针，告诉她现在形势严峻、竞争激烈，她回我：“你也不能因为竞争激烈就不参与竞争啊！”

从小到大，我一直是好学生，在上大学之前是“别人家的孩子”，上大学以后也一直努力学习。而这世间对女生的评价标准是按年龄划分的，在大学之前学习好就非常好，上大学以后我不那么经常听到表扬了。随着年纪增长，被人说：“学习好有什么用？都找不到男朋友、都没结婚、没生小孩……”“学习都学傻了，不会混社会。”读博以后，长辈看我的眼神里传达出的信息是“这人没救了，已经完了”。

我妈在我被旁人真心或违心地夸奖着的那个阶段没有

享受过这种被旁人羡慕的感觉，她总是回对方："学习好啥呀，一般一般。"我爸说："学习好有啥用啊，以后也是别人家的人。"我不知这些夸奖我的人听完以后是什么心情。说这些话可能本来是想奉承一下我父母的吧，结果我父母的回答却可能让对方以为自己说错了话。我问过我妈："别人夸我，你就接着不行吗？"她说："不行，要显得谦虚。"我曾问我妈为什么不夸夸我呢，她说："一夸你，你就骄傲了。"可是法国的家长都夸小孩子，小孩子也都发展得挺好啊，而且有着天然的自信。后来，到了人们不再夸奖我的阶段，我妈好像又难过起来了，她开始跟人说我是学法语的，而我实际上是学历史的，为什么要这样说呢？我搞不懂。大概在我妈心里说学法语比说学历史显得洋气一点，显得没那么"没救"一点。

我跟我妈说起大学的"非升即走"现象，她说："那都是极个别的，别操心那些没用的。"我说有认识的老师非常优秀，最后还是不免要走。她又说："搞不好人家有什么问题，你不知道。"我跟她说的好像不是同一门语言，为什么我说的东西没法传达到她那里呢？我说："那如果是轮到我要走呢，还是一样的心情吗？"她说："呀，那就难过了。"她见说不过我，于是开始总结："各行各业都搞考核的，不是只有大学才搞，干得不行的就得回家，哪能占着位置？美国总统还得换届呢。"这话听着好像没什么问题，但感觉就是不对劲，可是我又不知道能从哪里反驳。

我妈是个喜欢竞争的人。我曾给一个学术研讨会提交报告的摘要，后来收到通知，可以去哥本哈根开人生中的第一个学术研讨会。很开心，于是跟我妈说了。她问的第一个问题是："哥本哈根是法国的一个地方吗？"第二个问题是："有多少人报名,最后让多少人去？是报名就让去吗？"我说："我不知道多少人报名了，这个会议的主题很窄，可能报名的人不多吧。"她不知道哥本哈根在哪儿，却觉得一个会议必须刷掉一些人、要有淘汰性质才值得去。可是为什么一定要踩了其他人才行呢？大家各自做自己的事情不行吗？

父母口中的"没用"和"没意思"的实际含义非常残酷。我妈常说："别整这些没用的。"我爸有一次问我："你啥时候才能当上教授啊？"我说："教授不那么好当的啊，也有老师一辈子都没当上教授，是作为副教授退休的。"他咧嘴："那这大学老师当得有什么意思？"这里的"意思"是什么意思？

我有时候想不明白父母对我的年龄的具体认知是什么。他们一方面觉得我年纪大了，再不结婚就可能嫁不出去了，就"完了"；而另一方面，他们又觉得我太年幼了，还是个孩子，我还没法决定自己的人生。

2020年春天法国开始第一轮封禁，秋天又开始第二轮封禁。我爸发来消息让我多注意，尽量在家待着，没有必要不要出去。我回复：“好的，放心吧。”他又问：“图书馆都不开的话，你的论文进度是不是就落下了？”我一时感觉哭笑不得，忽然涌上一股窒息感，刚从图书馆借了书出来，背着装满书的布袋，忽然没有力气走了，在街边找了一把长椅，把布袋放下，靠着椅背慢慢喘气。面对对论文进度和未来职业规划的询问，我跟我妈说：“我有自己的人生啊，妈妈。你有什么想做的事情就在自己的人生里做吧。”她说：“你现在挺会对付我啊。”

我的压力就是这么大。

对于研究的忧愁和面对旁人的提问的压力混合在一起，它们在后台运行着。可是每次我去国家图书馆查资料以后都感觉压力似乎减轻了一些，虽然可能实际上并没有明显的进展，但是会有一种自己确实在做事的错觉，回家以后就可以安心地度过晚上的时间。在那段时间认认真真地做一顿饭，然后吃这顿饭，看看闲书或者电影，那是难得的不被焦虑笼罩的时间。于我而言，这仿佛是国家图书馆施与我的安慰，这种安慰像是一种魔法，它一直奏效。

可是魔法在2019年9月30日那天失效了。

那天天气很好，外面艳阳高照，不用去河边就能猜到一定有很多年轻人坐在河堤上晒太阳、喝酒和聊天。那一天我去了国家图书馆，心里还有些不甘。啊，这么好的天气我居然不能去晒太阳。可是研究进度也很紧张，不能随着性子玩。下午我从阅览室出来去上厕所，刚踏上走廊的红地毯，就看到花园的草坪上趴着一个年轻的女孩子。我心想：法国人还真是喜欢晒太阳呢。

法国人确实喜欢晒太阳。每年夏天都有很多人去海边度假，尤其是去南欧的海边，以晒成小麦色的皮肤为美。据说如果夏天过去了，肤色还很白的话，会被人以为穷得没钱去海边度假。巴黎市政厅也很体贴，每年夏天都在塞纳河边铺上细沙，撑起阳伞，围出一块供市民免费休闲的地方，是为“塞纳河沙滩”。不能去海边度假的人便可以去河边晒太阳，看看河水，想象自己在海边。

我去上了厕所，回来以后忽然发现那里出现了三四位保安，他们站在玻璃幕墙旁边，不让人靠近。我忽然意识到出事了，图书馆的中庭确实是一个花园，可是那个花园读者是进不去的，只能透过玻璃幕墙看看，是一个景观，而不是供人休闲的地方。那个女孩子一定是从建筑外侧的平台上跳下来的。那里虽然有栏杆，但是不高。人们不会不小心从那里掉进花园，可是如果有意寻死的话，那个一米出头的栏杆是很容易翻过去的。

我想问问保安发生了什么事。他大手一挥，做了一个“勿管闲事”的手势。我想回阅览室，可是他也不让我过去，那个女孩所在的位置位于我所在阅览室入口的正前方，我不得不在长长的走廊里走了一大圈，走过三个塔楼，最终从另一边绕回阅览室。

刚坐下，阅览室里便响起了广播，说是要疏散，请大家赶紧拿好个人物品，去其他阅览室找座位。阅览室里很多人不明就里，大家不情不愿，毕竟手头还有在看的书呢，书怎么办？馆员说请大家把书直接放在桌子上就可以走了，之后馆员会帮大家处理还书的手续。于是整个阅览室的人抱着电脑，提着外套、装午餐饭盒的袋子等狼狈地离开了阅览室。大部分人选择了旁边的阅览室。

我感觉大脑似乎是空白的，喘不过气，可还是保持了跟周围的人一样的节奏。我收拾了东西,去了旁边的阅览室。那个趴在草坪上的女孩子，一头金发，我看到了她的小腿，她一定很年轻，很可能比我还小。我看到她趴在草坪上的样子，联想到的是侯麦的电影里那些在海边度假晒太阳的女孩子。那里没有血。

刚到了旁边的阅览室，这里也响起了广播，本来在这里看书的人一脸困惑，不明白为什么有一堆人呼啦啦地突然在下午 4 点这个时间到这个阅览室，也不明白为什么要马上离开。不过人们还是拿着东西往外走，走在长长的走廊的红地毯上。那地毯很软，应该是为了减轻走路的人的脚步声，是出于降噪考虑的设计。可我走在地毯上只觉得要失去平衡了，摇摇晃晃。

我听到周围人的对话，有人抱怨：“这不会是要给希拉克默哀吧？至于搞得这么兴师动众吗？”2019年9月26日，法国前总统希拉克去世，确实离9月30日并不远。还有人似乎知道是有人自杀了，跟旁边的人说起自己几年内在这里见过好多次自杀云云。我没了再找一间阅览室的心情，决定离开。那个阳光明媚的下午，一大群读者浩浩荡荡地走在走廊的红地毯上的场面我可能永远也忘不掉。那个金发的女孩子趴在草坪上的场景，我可能也永远都忘不掉。

那之后的几个月我都没有再去过国家图书馆。

我时不时地想那个女孩子会是什么样的人。她也是在写博士论文吗？她是因为新的学年要开始了觉得不安吗？她是新一年的注册遇上了什么麻烦吗？她是年度考核没有通过吗？我把自己在发愁的事情投射到了她身上，也在她身上看到了自己可能变成的样子。我甚至理解她的心情，虽然我根本不知道她是谁，也不知道她具体在哪里上学、读什么专业。那之后我曾在网上找相关报道，结果并没有看到媒体的报道。

法国历史学家皮埃尔·诺拉回忆自己读博的经历，他说：在那个年代，读博不是一个轻易就能做出的选择，读博是一件很沉重的事，因为要写上千页的论文，要翻阅大量的档案材料，必须完成博士论文才能进入高等教育体系任教。现在博士论文不需要写上千页了，看似轻松了一点，但读博依然是一件沉重的事。因为要完成的工作很多，研究的难度大，周围的人不理解，缺少足够的资金支撑，大学的工作并不好找，即便找到了工作也要面临考核，未来很长一段时间要过飘摇的清贫生活……任何一件事都是压力和焦虑的来源。我不知道那个女孩子遇上了什么事，可我能想象出她经历了什么事。

国家图书馆工会的网页上有一篇介绍这件事的文章，是站在图书馆工作人员的立场上写的。文章写道：这是2019年的第三次“坠落事件”了，6月的那次是一次意外，其他的两次不是意外。从2015年起，平均每年都有一起这样的“坠落”。文章提到了建筑本身安保不足，没有设置防止人跳下去的装置，呼吁图书馆尽快采取措施，安装围栏等。又提到了这次自杀事件给工作人员和被疏散的读者造成的心理创伤，呼吁图书馆的心理咨询室为工作人员提供心理疏导。

可是没有人为目睹了这一切的读者做心理疏导。我只能自己消化这件事，我开始做噩梦。11月发现自己得了荨麻疹。这是在回忆时建立起来的联系，当时我只是难受，为荨麻疹的症状烦恼，皮肤发痒，挠起来更痒，火烧火燎，挠过的地方出现了鞭痕一般的红色印记。我忙着看医生、做检查。

12月28日，为了查阅一份不得不查的材料，我去了国家图书馆。12月法国发起了以交通行业为首的全行业罢工，反对退休金改革草案。国家图书馆也响应罢工，12月28日下午 5 点钟就闭馆了，比平常关门的时间早了不少。

那之后便是 2020 年 1 月，要被新闻淹没了，可还是忍不住抓着手机一直刷，刷到眼睛疼，手指也疼，可还是在刷。我没有去图书馆的心情了。

2020 年 3 月法国的情况十分混乱，卫生部部长最初宣布法国风险不大，不需要紧张，后来又强调口罩是留给医务人员的，普通人不需要戴口罩。而且普通人也不具备戴口罩的能力，戴错了的话没有防护效果，还浪费了本来可以给医务人员用的口罩。后来那个卫生部部长辞职了。3 月中旬法国开始了第一轮封禁。

5 月中旬法国解封了，可是国家图书馆并没有马上开门。他们发了通知，7 月 6 日开始重新开馆，读者需要预约，隔位就座，可以预约的座位少了一半。研究者们迫不及待地预约，整个春天国家图书馆都没有开门，很多人的研究进度都被耽误了吧。我最终约到了 7 月 30 日的座位。

我似乎不那么恐惧去国家图书馆了。为了避免自己想起一年前的那个女孩子，我不再去之前常去的那个阅览室，改去走廊另一端的阅览室。做好午饭，装进两层的便当盒，再用一块布把便当盒包上，用保温杯带咖啡。我把便当盒和保温杯都装在一个小布兜里，提着那个小布兜像是要去野餐。人人都抢着预约座位，抢着去阅览室看书，抢着推进自己研究的进度，我不能再以害怕为借口不做事了。

2020年8月3日是星期一，位于花园高层对所有人开放的图书馆周一闭馆，花园平层对研究人员开放的图书馆周一仅下午开放，读者相对少。那天我在家，刷着手机，忽然看到了国家图书馆的账号发了一则简短的消息：由于发生了一起“悲剧性事故”（un tragique évènement），国家图书馆该日闭馆。当有人在巴黎地铁里自杀时，广播用的词是“乘客事故”（accident voyageur）。当有人在东京地铁里自杀时，广播用的词是“人身事故”。这些都是为了避免提及“自杀”这两个字而采取的微妙语言策略，好像不说“自杀”这两个字就不是自杀一样，这其实很残忍。

自杀的人是一位国家图书馆的馆员。国家图书馆的工作人员为此感到震惊，也感到不满。一周后，8月10日，国家图书馆的工作人员发起了一场罢工。那之后我去了国家图书馆，有工作人员在阅览室里穿梭，给读者发传单，安安静静的，不说话，放下传单，交换一下眼神便离开了。

通过那份传单，我得知自杀的工作人员叫梯也里，是五年之内第二位选择在工作地点自杀的馆员。传单上写着工作人员对图书馆建筑安保措施不足的不满，据说图书馆的建筑师不肯修改自己的设计，拒绝在花园上方的平台上安装防护装置。传单还表达了对工作条件恶劣的不满，解封以后图书馆的工作重启，严格的防疫标准增添了馆员已经很重的工作负担，他们认为：这位馆员选择在自己工作的地点自杀，应引人深思。最后他们呼吁尽快改造建筑，加装防护装置。

国家图书馆的弗朗索瓦·密特朗分馆的建筑设计师是多米尼克·佩罗（Dominique Perrault），他的设计获了奖，也引发了很多争议。埃里克·阿藏曾讽刺他的设计：图书馆居然把书放到塔楼里，把读者放在地窖里。建筑本身最大的争议在于塔楼使用的玻璃幕墙，四座塔楼从空中俯视呈现打开的书的形状，看起来确实很美，可是书籍的保存需要避光的条件，透明玻璃塔楼显然不适合保存书籍。

法国社会学家涂尔干在1897年出版的《自杀论》开启了社会学领域对自杀的研究，他对人自杀的动机进行了分析。国家图书馆旁边的一条路就是以涂尔干命名的。可这位馆员是因为什么自杀的呢？我不知道。

提起自杀，人们往往有一种日本自杀率很高的印象，不会想到法国。我之前也没有思考过法国的自杀问题。人们说日本人不喜欢给人添麻烦，自杀也尽量不给人添麻烦，如果从这个角度来看，这位自杀的馆员也是一样，他选择了在读者很少的周一自杀。正因如此，我没有再次经历目睹自杀现场的创伤。可是得知这件事，依然给我造成了创伤。

我的研究在封禁期间几乎停滞了，一是因为自己的状态不对，二是因为看不到资料。我必须趁着图书馆开门的时候重启工作，还担心秋冬图书馆可能再度闭馆。图书馆花园上方的平台上围起了红白相间的警戒带，保安往返巡逻，后来装上了防护网，大概有三米高。

我看着那个被玻璃幕墙建筑和四个玻璃塔楼围住的花园，忍不住出神。在一片玻璃、钢铁的灰色冷光中，那花园显得如此生机勃勃，如此神秘，是繁杂的都市生活中的一片绿洲。高大的乔木伸展着自己的枝干，尽情生长，郁郁葱葱，枝叶繁茂，与其说是花园，不如说更像森林。在平台上站着，那森林像是有神奇的吸引力，在召唤自己似的。我赶紧往后退了几步。正如馆员罢工时发的传单上写的那样，那个花园像是“一个引人往里跳的池子”。

那之后我每次去国家图书馆都要认真地给自己做一份便当，各种各样的好吃的装满整整两层。还用保温杯带咖啡或红茶，还带巧克力或者橘子，把这些东西都装在一个小布兜里，中午就提着去休息室吃。我选中一个座位，把包便当盒的布解开，铺在大腿上，如果有食物掉下来，便可以接住。认认真真地吃自己准备好的便当。我没有在休息室与人闲聊的习惯，也没有人认识我。吃完以后认认真真地喝咖啡或红茶，然后吃橘子。

国家图书馆里本来是有卖食物的，在我常去的阅览室附近的塔楼那边有一个卖简餐的咖啡馆。对所有读者都开放的花园高层还有一个咖啡馆，卖三明治、沙拉、小蛋糕之类的，还有咖啡，价格合理，味道也不错，我以前常在那里吃午饭。为了防疫，那些咖啡馆后来都不开了。人们开始自己带东西吃，有人在进入图书馆之前在附近的连锁快餐厅买好午饭，提着纸袋去吃；还有人自己带饭；也有人完全没有准备，只能去自动售货机里买东西凑合。

有一次，我恰巧坐在休息室内的自动售货机附近吃午饭，一个老先生走了过来。对研究者开放的花园平层只有两种人，一种是已经成了老师的人，一种是想成为老师的学生，按年龄和穿着很容易区分出来，这个老先生明显是老师。他站在自动售货机面前犹豫，不知该买什么，那里只有饼干、巧克力、可乐、果汁之类的东西，都是零食。排在他后面的女生有些着急了，催他："您到底买不买啊？"老先生一脸紧张和尴尬，什么也没有买，让了位置给那个女生。他看到了我的便当，好像有些羡慕。我忽然非常不好意思，也许在他看来，我真的是吃得太好了。或者在周围的人看来，我都吃得太好了。明明是来图书馆学习，怎么带赏花便当一样的东西来吃呢。我甚至有一种想把一层便当分给那个老先生的冲动，当然，我忍住了。

我带的便当在视觉上引人注目，我吃的橘子在嗅觉上也很吸引人。一旦剥开橘子皮，空气里便立刻散发出好闻的柑橘类香气，周围的人闻到以后会四处看看，哦，原来有人在吃橘子。

对研究者开放的图书馆可以预约任何阅览室的书，跟坐在哪个阅览室无关，所有馆藏都可以预约。我在预约论文所需的书以后，预约了一本绘本。取书时馆员有些困惑。中午吃完饭，我离开休息室，回到阅览室，在那段时间读我预约的绘本。绘本的开本很大，也很引人注目。在充满研究者的阅览室里读绘本，仿佛行为艺术。

连在图书馆门口查包的安检人员都注意到了我。国家图书馆的安检并不是把包塞进机器里，而是由工作人员肉眼开包验视。我去图书馆查资料时往往不带电脑，如果带电脑就很容易在遇上某个不了解的东西的时候开始查，一旦查起来可能没完没了，几个小时就耗掉了，反而没有时间看书。我带本子和笔，手写笔记。可是这样一来，我的包就显得很可疑，每次都能感受到查包人员询问的眼神：“啊，这个人是来玩什么的呢？”可是我确实有进入研究者阅览室的卡。

有一次，查包的大叔接过我的便当小布兜以后忍不住说了两遍“真不错啊！”那天我用的是京都一泽信三郎的帆布包，大小适中，布料硬挺，一看就知道是好东西。我有点不好意思，跟他说：“这是我的午饭。”他笑笑说：“我知道啊！那么一会儿见啦。”他大概以为我会到花园边的平台上吃午饭，所以说了一会儿再见。

中午有不少人到那个平台上吃午饭，边晒太阳边吃饭，应该很不错。可我是绝对不会去的。保安大叔也不会知道我带的便当是给自己的缓冲，想着带了好吃的东西可以吃，就不会那么抗拒去图书馆，就不会想起我曾经看到过的那个金发女孩，不会想起那个我并没见过的馆员。我想让自己觉得去图书馆是快乐的，我在给自己创造新的记忆。便当其实是盾牌。

可是我也不会忘记那个女孩和那个馆员。难过的人、伤心的人、在生活里面对困境的人、即将抑郁的人，从外面很难看出异样，人的心里却可能有一些裂痕，只是人不会在表面裂开。那些看到我在休息室吃便当的人不会想到我曾看到什么，那些东西给了我何种创伤。他们也许只是觉得这个人好悠闲啊，居然来图书馆野餐。

2020 年 10 月底，法国开始第二轮封禁，国家图书馆随之闭馆。11 月底国家图书馆重新开馆，我决定过去。

国家图书馆一周只开周二到周五这四天，开放时间比之前要短，不过这对我影响不大，因为以前也不会在图书馆待一整天，坐不住，又想吃东西，往往只待半天。第二轮封禁期间我去国家图书馆大多是上午 11 点左右到，12 点半左右去吃午饭，下午 4 点左右回家。

我的住处离国家图书馆不远，属于坐公交车觉得有点不值票价，但走路过去又觉得有点远的尴尬距离。封禁期间运动量有限，我决定走路来回，当作运动。沿着塞纳河一路走，风景很好，冬天河边有很多从北方飞来过冬的海鸥。散步道上人不多，大多是遛狗和跑步的人，气氛很轻松，一来一回的散步也让心情轻松了一些。

预约书很方便本来是国家图书馆的长处，而疫情期间想要预约书的话，必须提前24小时以上才行，工作人员要提前准备，不像以前那样一时兴起想看什么书马上预约，稍后就能拿到。还书以后书还要被送去“隔离”，所以一本书一旦被还回去，第二天便无法调出来，要两天以后才行。阅览室的座位也需要预约，限流严格，开放的座位不多，有时候打开网页发现每个阅览室都约满了。要同时保证约到座位和提前一天约到书才行，实际操作起来不那么容易。

有一次是周二去的。拿到了预约的四本书，大概过了一遍，其中一本论文集里有一篇文章与我的研究有关，当场看完。还有一本书翻了一下感觉其实是科普读物，对论文不是很有帮助。于是需要仔细读的只剩下两本了。临走时去还书，问工作人员可否帮我把这两本书留下，周四我再去。馆员问了一下她的上司，说不行，留书只能留到次日，不能留到两天以后。馆员问我要不要周三来。我说想来的，可是预约不到周三的座位，只约到了周四的。她一脸遗憾的样子，说那也没有什么办法了。她劝我周三在网上再约这两本书，然后周四来看。于是周四下午又去看这两本书。临走的时候跟馆员说帮我留到周五，馆员迅速扫码、打印借书单，帮我留好了。

周五的座位也约到了，于是下午继续去看那本书。临走的时候去还书，馆员是一位大叔，他指着其中一本的封面说:“啊，真漂亮啊！”然后又发现另一本也是相关主题的。我跟他聊了几句，说这两本书其实是同一个文本，其中一本是最近的编校版本。他问我:“那下周二你继续来看？帮你留到下周二？”我说:“我是想继续看的，可是我约不上下周二的座位。”他眨眨眼，说:“作为图书馆员，总能做点什么的。”

他开始在面前的电脑上操作，说:“馆员的权限比读者多，在网站上能做很多读者做不到的操作。”他似乎找到了下周二的座位，问我:“那么就下周二10点？”我说:“不不，还是下午1点吧。”他说:“哦，那你是在哪儿吃过饭再过来是吧？”他又在电脑上按了几下，然后告诉我座位已经约好了，又解释说:“最近的预约很麻烦，馆员的工作时间安排得也很复杂。可能明年1月开始每周会多开一天吧，可能是周一或者周六，周一的话呢，可能就是下午2点开始开放，周六的话呢，唉，周六比较麻烦，可能还是会开周一的吧……”

余光里看到他身后的两位馆员都回头在看，他们或许觉得我跟这个馆员认识。我听他说完，跟他说了谢谢，拿起卡准备走。馆员说了一句:“Bonne continuation！（祝你之后一切顺利！）”

一路往出口走，还是觉得不真实，我就这样有了一个座位吗？是因为研究的主题而得到了优待吗？心里有些愧疚，仿佛走了后门。想起了以前法语课本里中翻法练习题里的一个句子：“他声称他能通过关系搞到一台缝纫机。”可还是觉得很开心。真是奇怪的心情。又想起几年前曾去一个修道院的小型图书馆，并不是有什么书要找，只是出于好奇去看看，那边的馆员也很好，一起聊了很多。在档案馆也曾遇到很好的馆员，有一些资料已经被电子化了，如果馆员不肯给我看原件，原则上没有任何问题。可馆员都拿出来让我看，还带我去特藏的冷柜那边，因此看过很多展览时才会被拿出来的文书。每次遇到这样的馆员都觉得好像是得到了一种鼓励，好像自己的研究被人支持着，心里暖暖的。

我开始思考：馆员对于几乎是陌生人的我给予了很多帮助，那么我能为他们做些什么呢？我能做些什么让他们的工作轻松一些、压力少一些呢？我想我可以在馆员问我有没有座位的偏好、要不要选座位的时候说“没有”，减少馆员帮我挑座位的时间，我不需要特殊的座位，在哪里都能看书。我便开始这样做了。此外，我在还书之前把书整理好，让条形码朝上，还书时逐一排开，馆员很容易就能扫码。每次把书整理好去还书，都能看到馆员的笑容。我觉得这样的小事很值得一做。

还是应该尽量充满善意地对待身边的人，认识的和不认识的都一样，尽量传递出善意，那些善意会变成一种联结，会变成一些绳索，也许就能拉住一些想要跳下去的人。如果把更多的温柔填充在这个世界里，那么这个世界会不会可爱一些呢？人们或许就不会觉得那片森林很有吸引力了吧。

2021 年 3 月

补记：

2021 年 9 月初，我去国家图书馆旁的电影院看电影，散场后发现外面下过了雨。人们放着音乐，在平台上跳舞。

跳舞的人把包挂在防护网上。他们或许不知道这里曾发生过什么，不过没关系。平台表面还是湿漉漉的，不过没关系。人生啊，还是要尽可能快乐。

2021 年 11 月

小熊猫作为一种疗法

巴黎有个植物园，植物园里有个动物园，动物园里有两只小熊猫。虽然听起来很奇怪，可确实是这么回事。

1794年12月11日雅克-亨利·贝尔纳丹·德·圣皮埃尔（Jacques-Henri Bernardin de Saint-Pierre）以凡尔赛城堡动物园残存的遗迹为基础，在巴黎植物园内建了一个动物园。法国君主制结束以后，国王的动物被遗弃了，新的动物园正是以此为基础建立的。巴黎植物园内的动物园是世界上历史最悠久的动物园之一，仅次于1752年创立的维也纳动物园。雅克-亨利·贝尔纳丹·德·圣皮埃尔在1792年便有了创立动物园的构想，但要等到凡尔赛皇家动物园的动物和奥尔良公爵的动物园的动物在1794年运到巴黎以后，植物园里的动物园才算正式成立。当时，动物园里共有58种动物。

贝尔纳丹·德·圣皮埃尔时任巴黎植物园负责人，他和自然历史博物馆年轻的动物学讲席教师艾提安·圣希拉尔（Étienne Saint-Hilaire）一起构思出了新动物园的样貌，当时的动物园占地面积仅为现在的一半。动物园在19世纪得到了扩建。到了20世纪，大型动物被迁到了文森纳动物园。那边空间更大，更适合大型动物，植物园的动物园则只保留体型较小的濒危物种动物。正是在这个巴黎市区的动物园，我第一次见到了小熊猫。

提起小熊猫，人们往往会联想到同样被叫作熊猫的大熊猫。而西文里的panda一词指的是吃竹子的动物，从这个角度来讲小熊猫和大熊猫都吃竹子，确实都属于熊猫。小熊猫体型不大，身长60厘米左右，尾巴长45厘米左右，最重有6公斤，我曾见过被家长抱着来看小熊猫的小朋友在看到小熊猫的一瞬间脱口而出："这是一只猫！"小熊猫的体型确实不大，比猫大一些，远远不及大熊猫。小熊猫属于小熊猫科，不过在它被划分到属于自己的这一科之前，曾被划分到浣熊科和熊科。目前小熊猫科内有两个物种，其中一种是喜马拉雅小熊猫（Ailurus fulgens），另一种是中华小熊猫，也被称为斯坦氏小熊猫（Ailurus styani）。

给喜马拉雅小熊猫命名的人正是法国古生物学家、动物学家、解剖学家乔治·居维叶（George Cuvier）。居维叶曾在位于巴黎植物园内的法国国家自然历史博物馆工作。年轻的居维叶在诺曼底度过法国大革命时期，得以在诺曼底继续研究他感兴趣的自然史。他把自己的研究笔记转交给了泰西尔，泰西尔又把居维叶的笔记转交给了时任自然历史博物馆教授的艾提安·圣希拉尔。圣希拉尔赏识居维叶的才能，居维叶因此得到了在自然历史博物馆工作的机会。此后，他成了著名的学者，1796 年成为法兰西学院科学院（Académie des sciences à l'Institut de France）的院士，1800 年成为法兰西公学院（Collège de France）的终身教授。

1825 年，居维叶给喜马拉雅小熊猫命名为 Ailurus fulgens，字面意思是“火焰燃烧熊”。fulgens 的意思是“正在燃烧”，用来形容小熊猫毛皮的颜色。小熊猫在法国被称为“红熊猫”（panda roux），或许与居维叶的命名有关。

2020 年年初，我需要搬出之前住的宿舍，不得不开始找房子。虚荣的我对一个好看的地址有执念，一定要住在五区或者六区。看房子只看这两个区，其他一概不看。这两个区的房子十分抢手，看了几个房子，每次都有一群人一起看，竞争激烈。带人看房的中介态度高傲，一脸房子根本不愁租的表情。在巴黎是房主选房客。看了四五个房子，本来不抱希望，突然接到了一家中介的电话，他们同意把房子租给我。我却犹豫起来，因为不记得那个房子里面是什么样子，但是房子位置又很好，让人无法割舍。朋友说："要不要去那边看看？没准你到了就能想起来一点。"我们便去了，可我什么都没回想起来。附近便是植物园，我们决定去散步。

植物园很大，那时我还不熟悉植物园，只去看过两次樱花。散步途中看到动物园，铁艺围栏上挂着一排小动物的宣传板，我被其中一只可爱的动物吸引了。正是我的朋友豆特别喜欢的小熊猫，她甚至去北海道看小熊猫。我之前对小熊猫模糊的印象都来自豆。在豆说起小熊猫以前，我不知道小熊猫的存在。从小到大，我去动物园的经历屈指可数，记忆里有印象的只有一次，看了熊和猴子。

想进动物园看看，但朋友觉得太冷，她没有穿足够的衣服，我们便放弃了去动物园的想法，改去咖啡馆暖和一下。植物园里有一个咖啡馆，店名为"美丽的植物"（Belles Plantes），暖气很足，有着高高的落地窗，阳光投射进来，捧着手里的热咖啡，真不错。咖啡馆里气氛很好，人们愉快地轻声交谈。正是在那个咖啡馆，我下定决心要租现在住的这套小公寓。姑且不管房子里面什么样，离植物园很近的话，可以常常来散步，还可以来这个咖啡馆，这很好。

我用行李箱蚂蚁搬家。买家具、组装家具和布置房间，终于收拾得差不多了，法国开始了第一轮封禁。封禁期间公园不开放，住在植物园附近也进不去，只能在散步的时候绕着外圈的铁艺栅栏往里望。啊，樱花开了，好漂亮，好像还有别的花。

解封后我去了植物园，办了年度通票，又去了动物园。动物园入口有一个小巧的木屋，是售票处，工作人员跟我解释疫情期间有一条固定的游览路线，必须按着箭头指的方向走。这是一个不停绕圈的路线，好处是不会错过任何一只动物。

动物园因其独特的建筑风格在 1993 年被列为历史保护建筑。位于动物园中央的球形穹顶展厅（la rotonde）是拿破仑·波拿巴 1806 年下令建造的，展馆的形状仿照荣誉军团勋章的十字形。动物们不是住在笼子里，而是住在篱笆围起的区域中。在围栏里有圆顶小木屋，小木屋的屋顶是由一层层的茅草铺成的，像日本的茅草屋顶，小木屋为动物园添加了一些田园气息。动物园不搞动物表演，动物们自由自在地活动，平和而优哉。

动物园不仅展示动物，还是自然历史博物馆负责的一个研究机构。动物园参与濒危物种的保护工作，并且有教育功能。宣传爱护生态环境的重要性，强调人与动物共享生态环境，要努力维护脆弱的生态平衡，加深人们对生物多样性的了解。

1805 年建造的熊窝在 2003 年被改造成接收小熊猫的场地。在一个深坑里用宽竹竿搭起小熊猫的爬架，爬架的面积很大，也很高，给了小熊猫足够的活动空间。我按照路线走，看了一圈猫头鹰、鹦鹉和火烈鸟，终于走到了小熊猫的爬架前。原来小熊猫被放到了参观路线的最后。小熊猫是动物园的明星，一定不会错过，还有人专门来看小熊猫，动物园发起认养活动或请人捐款时，常用小熊猫的照片来宣传。

小熊猫的活动区域分两部分，一部分在坑的底部，坑大约三米深，另一部分是在高高的爬架上。这种结构形成了天然屏障，不必修建封闭式笼子。虽然跟自然界的小熊猫不能比，但动物园的小熊猫看起来并不局促，它们自由自在地在属于自己的领地里爬上爬下。

我第一次去看小熊猫那天阳光很好，天气暖和，小熊猫非常活泼，我看得着迷。在阳光下晒得发亮、发红的后背，覆盖着黑色毛皮的肚子，三角形的耳朵向上翘着，棕色的耳朵的外圈是白色的，像用白色的颜料勾勒出轮廓一般，圆圆的眼睛，圆圆的头，神情悠然。小熊猫像是一直在微笑。我最喜欢的是小熊猫长长的大尾巴，一段浅棕色、一段深棕色交替排列，毛茸茸的，很威风。

居维叶在给小熊猫命名的时候曾把它形容为“全世界最可爱的哺乳动物”（le plus mignon mammifère au monde）。鹿特丹动物园的小熊猫专家安吉拉·加拉斯通（Angela Glatston）在 1989 年曾这样形容小熊猫的皮毛颜色：“仿若火焰正在燃烧的颜色，又带着榛子、巧克力和奶油的颜色。”安吉拉·加拉斯通把小熊猫形容得很美味。她又说："小熊猫身上有一种极大的美感和一种让人疯狂的魅力。"

安吉拉·加拉斯通说得没错，我开始为小熊猫疯狂。第一次去看小熊猫，在爬架前站了半小时，最频繁听到的词就是"太可爱了""皮毛好漂亮""尾巴好漂亮"。旁边有很多家长带着的小孩，以两三岁的、四五岁的为主。他们也很喜欢小熊猫，看得着迷，家长想拉走都不肯走，最后被强行带走。这时感受到了做大人的好处，没有人来拉我，便可以一直看小熊猫。动物园里一共有两只小熊猫，它们爬上爬下，偶尔去吃些竹叶，后来它们趴在竹竿上睡觉，我便离开了。回家以后激动地给豆发微信，我终于看到真的小熊猫了！

兴冲冲地给其他朋友发消息，发我拍的小熊猫照片。有两个朋友也想看小熊猫，于是迅速敲定了去动物园的日期。我们一起去的那天不巧天气很热，按照参观路线走了一路，动物们都躲在小木屋里避暑，大多一动不动。小熊猫也是，两只都在睡觉。后来才知道小熊猫喜欢在清晨和黄昏时活动，白天大部分时间都在睡觉。那天就没有看到小熊猫动，我的两个朋友都觉得很遗憾。

办了年度通票，不需要再付钱，只要在售票处给工作人员看一下通票，工作人员就会打出一张带着条形码的门票给我。我拿着门票便迅速沿着制定的参观路线快走，一路穿过那些同样也很可爱但是我并不感兴趣的动物，想着赶紧看到小熊猫。这条路线不短，即使走得很快，也要半小时才能到小熊猫的爬架前。这也不错,算是一种运动。我常去，后来工作人员认识我了，他们好奇为什么我总来，我说我是来看小熊猫的。从那以后，工作人员每次都会悄悄拉开分流用的带子，让我抄近路到小熊猫的爬架那边去。

其他的动物也很可爱，我却很偏心，只想看小熊猫。因为我在它们身上看到了一种平和的力量，它们自顾自地吃竹子，在竹竿爬架上爬来爬去，步调从容，不慌不忙，有时什么也不做，把头枕在爬架上睡觉。天气热的时候就把尾巴和四肢都垂下去，天气冷的时候就把自己缩成一团，用尾巴取暖。我常在爬架前待上一小时。旁边的小朋友童言无忌，自我意识很强，小熊猫起身走了几步，小朋友激动地跟妈妈说:“你看,小熊猫朝我走过来了！”还有的小朋友问父母:“我们可以收养它吗？”哈哈，如果可以收养的话，我也要收养一只。

小熊猫只是在过自己的生活，它们并不知道我在看它们。小熊猫很受人欢迎，可是人们不逗小熊猫，只是看着它们。小熊猫也不在意人类的存在，自顾自地按自己的节奏生活。动物园没有动物表演。如果来动物园时动物在睡觉，也只能接受现实，因为睡觉也是动物生活中很重要的一部分。要尊重动物，这是我在小熊猫身上学到的第一课。

我却被这两只从未跟我有过任何互动的小熊猫治愈了。

2019年秋天，皮肤忽然发痒，以为是皮肤干燥，便涂了身体乳。还是痒，忍不住伸手挠，挠过的地方出现一道道红色斑痕，甚是恐怖。曾听人说为湿疹所苦，我便以为自己得了湿疹，去药店买了开架的湿疹止痒药膏。涂过后收效甚微，又去药店，跟药剂师描述了症状，她说我得的可能是荨麻疹，开了口服止痒药，让我去看医生。

几年来一直负责我的全科医生说是荨麻疹，给我开了药，每天都要吃。她仔细排除过敏原：最近是否买了新衣服、新护肤品、新洗浴用品，甚至是新洗衣液，排除后她觉得我的荨麻疹可能不是过敏引起的，很可能是精神性的，建议我去看皮肤科或免疫科医生。我一边吃着药，一边等着看专科医生。吃上药，症状便消失，不再感觉抓心挠肺地痒，也能恢复正常生活，可一旦停药，荨麻疹又会马上出来。法语的荨麻疹（urticaire）来自拉丁文的“荨麻”（urtica），因为接触荨麻后会皮肤发痒。发病时无法做事，心情沮丧，又不敢出门，怕脸上、手上的红痕吓到人。我开始了解这个病具体是怎么回事，甚至看医学论文。

专科医生很难预约，在等待的时间里我去了巴黎大学医学院的诊疗中心，以为兼任医学院老师的医生会更有经验。医学院诊疗中心的医生的说法跟全科医生一样，他说很多慢性荨麻疹的病因是未知的，女性比男性多发。他为我讲解荨麻疹发病的原理，我因此学会了组胺等词汇的法语说法。诊疗结束，他把讲解的内容打印出了一份，让我回家看看。原来大学医学院诊疗中心的风格是教学式的。

皮肤科医生非常难约，要几个月以后才有空位，不能再拖，据说荨麻疹分为两种，一种是急性，一种是慢性。如果在发病后一个月左右症状消退，就是急性的，反之则是慢性的。我担心自己的荨麻疹是慢性的，赶紧预约了免疫科医生。免疫科医生是一个五六十岁的大叔，他也觉得我的荨麻疹是精神性的，又问我是不是压力很大。我说："我在写博士论文啊，怎么可能压力不大！"他又说："要不要试试别的疗法，调整一下心情，比如试试东方传统草药？"还说有问题随时可以给他打电话，又说了他女儿和我同岁等闲话。

我一直更新处方，一直吃着抗过敏的药，本为花粉过敏所苦的春天也平静地度过了。我的荨麻疹果然是慢性的，那么也只能慢慢等它自行消失。明白了法国历史学家皮埃尔·诺拉（Pierre Nora）笔下的那句"健康就是身体的沉默"。在2021年春天出版的回忆录《青年时代》（*Jeunesse*）中，皮埃尔·诺拉写到他在一场大病后想起了朋友吕西安·佩耶（Lucien Paye）曾对他说过："健康就是身体的沉默。"没生病时不会意识到身体的存在，不会特地思考自己的身体与自己是何种关系。牙不疼时，虽然每天都用牙吃饭，但不会意识到自己有牙。身体以疾病的形式发出声音以后，我意识到了我的身体是存在的，它甚至独立于我的意识。虽然我的精神状态对身体有着巨大的影响，我正是因为压力大得了荨麻疹，可是我无法通过意志控制它。不是我跟身体说一下“能不能麻烦你不要再发荨麻疹了？”它就会停止的。

2020年夏天法国解封那段时间，我常去动物园看小熊猫，也常在那里碰到其他看小熊猫的人。一个奶奶跟我说：“我每次路过都要跟小熊猫打招呼。”也有不了解小熊猫的人，这时我便为他们介绍：“公的小熊猫叫塔吉敏，6岁；另一只是母的，叫玛雅，16岁。”对方又惊喜又惊讶，好奇我怎会如此了解。因为我参加过国际小熊猫日的讲座。算不上传统意义上的讲座，因为不是在室内进行的。每年9月第三个周六是国际小熊猫日，我收到了动物园发来的邮件，本以为会有近距离接触小熊猫的活动，结果是小熊猫饲养员做讲座，地点是小熊猫的爬架前。

来做讲座的是小熊猫饲养员之一，一个把头发染成紫色的女生，很酷。她的开场白是：“大家是不是以为当小熊猫的饲养员就可以抚摸小熊猫呢？其实不是这样的。”她说有一个动物园联盟，联盟里的动物园如果有动物生了幼崽，可以送给其他动物园，联盟里的动物园就这样互通有无。她强调：这种交换是不涉及金钱的，因为动物的价值不能用金钱来衡量。她又说：小熊猫的平均年龄是15岁，所以玛雅已经是一个长寿的奶奶了，它16岁了，依然健康，我们都希望她能继续健康地活下去。她又介绍了小熊猫的习性：小熊猫其实是独居的动物，每年发情的时间很短，只有几天而已。在自然条件下，如果两只小熊猫没有恰巧在双方都发情的那几天相遇，就不会繁衍后代。塔吉敏和玛雅年龄差距太大，没有一起繁育过后代。两只小熊猫生活在一个区域里，其实也是各自行动，很少互动。听饲养员说完，我回想了一下，确实是这样，没有见过它们两个互动。塔吉敏很活跃，喜欢跑来跑去，有时它跑着跑着发现前面是正在睡觉的玛雅，也不会打扰玛雅，只是退回去，爬另一根竹竿。

传说中小熊猫生气的时候、吓唬对方的时候会举起双臂，据说是为了让身形显得更大，从而震慑对方，可是这种姿势我一次都没见过。玛雅和塔吉敏都很平和，从没有见过它们生气。饲养员说乌鸦会趁小熊猫睡觉时过来拔小熊猫的毛，用来筑巢。知道这一点以后，再去看小熊猫时，发现竹竿爬架周围盘旋着伺机行动的乌鸦，可是小熊猫也不驱赶乌鸦，自顾自待着。

这两只小熊猫平和的性格或许得益于饲养员对待它们的方式。饲养员工作的一部分是给小熊猫准备食物，把新鲜的竹枝插在小熊猫活动的地方，还用碾碎的竹叶制成竹叶饼（bamboo cake）给它们吃。偶尔给小熊猫吃水果。饲养员工作的另一部分是照料小熊猫。小熊猫虽然平时很平和，但跑起来速度并不慢，如果临时需要带小熊猫去看病，会很难抓住它们。因此饲养员平时就训练小熊猫，在它们活动的区域里有一只四四方方的铁笼子，上面还有一个提手。饲养员平时会训练小熊猫走到笼子里，方便日后带小熊猫去拍彩超、去看病。饲养员说：“如果小熊猫做得好，就给它们吃水果；如果做得不好，也没有惩罚。只有奖励，没有惩罚。”我看过动物园工作人员奋力抓刚出生没多久的小熊猫的视频，为了给小熊猫打疫苗和除虫，饲养员费了一番力气才抓住它。小熊猫很喜欢吃水果，饲养员有时会用水果引诱它们去做检查和看病。有一次看到玛雅在吃苹果，它双手捧着一块苹果，吃两口就仰头，很开心的样子。我也感觉很快乐。它应该是得到了奖励吧。

小熊猫日讲座后没多久，法国就开始了第二轮封禁。第二轮封禁比第一轮的措施相对宽松一些，公园开放，可是动物园不开。小熊猫所在的竹竿爬架正好位于动物园的一边，紧邻植物园散步道，在植物园里可以看到一部分竹竿爬架。竹爬架的周围种满了竹子，起到一定的遮挡作用。天气越来越冷，竹叶干枯脱落，更容易看到小熊猫了。人们站在植物园一侧，透过铁艺栅栏，再透过竹子去看小熊猫。那里贴心地贴着介绍小熊猫命名由来和生活习性的宣传板。远远望去，如果栅栏附近有人就说明小熊猫在活动。在那里，最频繁听到的一句话就是：“它在那儿呢！”

我便在植物园这边踮着脚看小熊猫，几乎每天都去，先去看小熊猫，再在植物园里散步。这项日常的活动给了我很多安慰，看到无忧无虑的小熊猫，我的心情似乎也跟着轻松了一些。时常跟同看小熊猫的人说话，封禁这件不那么好的事似乎带来了一些好处，人们比以前更亲切，也更愿意跟陌生人说话了。曾跟一个偶遇的奶奶聊看小熊猫的感受，我说："它们看起来丝毫没有烦恼，很悠闲，看小熊猫让我感到平静。"她说："没错，就是这种感觉。"2020年秋天，忽然发现有几天没吃药，可也不再痒了。于是不再吃药。跟医生说，她很高兴："那你就痊愈了，不必再吃药。"我也终于明白了一年前不同的医生对我说的话。我的荨麻疹是精神性的，压力太大，身体无法承受，压力要寻找一个出口，它便选择了我的皮肤。看了很多论文和书，得知皮肤是表现情绪的器官，皮肤的很多反应都是情绪的体现。

我在日日重复的看小熊猫的过程中排解了一些压力，需要发愁的事情依然不少，不过压力水平已经下降到了荨麻疹不会发作的程度。这一年我逐渐接受了自己，接受了自己的疾病。如果一种疾病不能马上摆脱，那么就要与它共同生活，接受它在自己的身体里。这一年里我也想明白了很多别的事情，那些一直让我苦恼和担忧的事情。我开始思考什么对自己是真正重要的，退出了那些每次点开就感觉心里发堵的微信群，不再看朋友圈。我不想关心别人在做什么，更不想与他人比较，不想让自己的情绪滑入与人竞争较劲的深渊里。我想把更多的时间花在自己身上,用于思考,用于创作,用于日常种种事,用于休息和发呆。

小时候很少去动物园的我在这一年里不知去了多少回动物园,像是退回儿童状态,在公园里散步,看花花草草,看高大的树,在周围没人的时候偷偷去抱那棵树龄将近三百年的雪松,阴天看灰色的天空,晴天尽可能露出皮肤晒太阳,踮着脚看小熊猫,看它们吃竹叶、爬来爬去、给自己舔毛、睡觉……

小熊猫有很多优秀的品质,其中最明显的一点就是从容和自我。天气热,便把四肢和尾巴都伸开,把自己晾开;天气冷,就把自己缩成一团。它没有买衣服的需要,自己的皮毛就很好,不需要操心自己在外人看来是什么样子,自己本身就很好。巴黎很少下雪,下雪的那天我还担心小熊猫会不会觉得冷。到了竹竿爬架前,玛雅在睡觉,皮毛上已经落满了一层雪,它毫不在乎,沉稳地睡着。毕竟是喜马拉雅小熊猫。塔吉敏则激动地跑上跑下,比平时更欢脱。这只在动物园里出生的小熊猫是否在雪里看到了它遥远的、未曾到过的家乡呢?当然这是我基于人类视角的想象,小熊猫的世界很单纯,它可能从未想过自己有什么优点。小熊猫却治愈了我。

植物园周围的街道和地铁站多以曾在植物园工作过的科学家和对植物学、动物学领域做出杰出贡献的科学家的名字命名。其中一条街叫居维叶街，那条街街角还有一个纪念居维叶的喷泉。每次看到那条街的路牌，都想对居维叶说一声感谢。感谢他让世界上的人知道了小熊猫的存在，他给小熊猫起了名字，它不再是一种浣熊或一种熊，而是小熊猫。他命名的小熊猫治愈了我，小熊猫或许可以算是一种疗法吧。

2021年1月31日

补记：

2021年8月初，我去植物园散步，在出口处看到了举着牌子、拉着条幅的人。他们来自一个协会（Paris Animaux Zoopolis），主张关闭巴黎植物园内的动物园。牌子上写着“请释放动物”“我们希望笼子是空的”，小熊猫卡通形象的牌子上写着：“我不是一个引人参观的项目。”我此前从未从这个角度思考问题，是否应该尊重动物的自由？

我接过传单，跟发传单的女生聊了几句。我说：“我常去动物园，我有动物园的年卡。之前从没想过这个问题，我之前以为动物园里的动物活动范围很大，生活得很舒适。”她说：“空间再大，也是笼子。动物离开了它原本的家庭，离开了它的栖息地，被放到动物园里，这只是人类为了能看动物，却不考虑动物的自由。”我跟她说了谢谢，便离开了。

此前我从未思考过这个问题，一时也不知能与她再说些什么。我想，我应该仔细思考一下这个复杂的问题。

2021 年 8 月 7 日

那个苹果也很好

2019年11月，我去了一趟日本。从巴黎戴高乐机场出发，在赫尔辛基转机，然后到东京，在东京逗留几日以后乘新干线去青森。那时我还没想到那竟是疫情前最后一次旅行。看完托芙·杨松的《轻装旅行》以后，我一直想试试像她那样，只拿一个包出门旅行。行李少一些，心情也会轻快一些吧。这次去日本的旅行便是一次尝试，我只带了一个登机箱。在机场办值机手续时，工作人员问我是否需要托运，我说好，把登机箱放到了传送带上，于是在整个飞行过程中都只拿着一只手提包。11月的赫尔辛基机场已经布置了圣诞树，很有冬天的气氛。

我先到达东京。订了两天的胶囊旅店，在东京没有特别的事情要做，也没有特别的景点要造访，只想稍作休息。长途飞行十分辛苦，巴黎每年 10 月底进入冬令时，与日本有 8 个小时时差。一路颠簸，如果下了飞机马上坐火车去青森，大概会疲劳过度。在东京的那两日饱受时差的折磨，东京的夜里正是巴黎的下午，毫无困意，凌晨 4 点还睡不着，于是决定出去走走。东京比起巴黎实在是便利，24 小时营业的便利店随处可见，还有若干 24 小时营业的连锁餐馆。好像不倒时差也没有关系，于是决定放任自己，不觉得困的时候就不强求自己睡觉。

走进一家便利店，买了一杯黑咖啡，端出来在门口站着喝完。天还没有亮，幸好附近还有 24 小时营业的松屋，可以去那里吃早饭。一进门右手边是一台点单机器，在机器上点餐、付款，拿好小票找了一个不用面对任何人的吧台座位。这样的座位很好找，日本人大概习惯独自吃饭。不用跟人说话就能吃到饭，对于日语不怎么灵光的我似乎是一件好事，免于暴露拙劣的日语水平，可以把自己当作一种透明的存在。但还有一些不适应：在巴黎，人们进店时要大声跟店员打招呼，不跟店员说话是不礼貌的，在餐厅里也要等服务生帮忙安排座位，不能自己直接进去坐。

我推门进店时习惯性地想跟店员打招呼，却发现那个情境让人张不开口。想起用法语写作的日本作家水林章（Akira Mizubayashi）写过日语与法语的不同，他说：在日本绝不能像在法国那样跟店员打招呼，在法语里的 bonjour（日安）是有平等意味的，跟任何人、任何职业的人打招呼用的都是这个词，没有区别；而在日本，他觉得无法跟店员像说 bonjour 似的说一句こんにちは（konnichiwa）。我也体会到了这种区别。

在便利店也是，买东西的顾客似乎不需要说很多话。店员倒是一直在说，说很多，说敬语，详细周到地考虑顾客潜在的需求。顾客则不需要同等客气地做出回应，地位似乎不对等。在法国，买完东西要跟店员说再见，然后要根据不同的时段祝日安、下午好、傍晚好、晚上好和晚安。每一个时段有每一个时段的说法，是一些客气话，但里面有美好的祝福，希望对方能度过美好的时光的意思。在法国，这些祝福的客气话店员会跟顾客说，顾客也会跟店员说，是互相的。而在日本，好像买完东西就可以直接走了，在便利店甚至连一句谢谢都不必说。

第二天我的时差还没有倒过来，于是又半夜去同一家便利店买咖啡。便利店里只有一个店员，跟前一天是同一个人，我进门时他正在拖地。我径自去自助咖啡机那里拿纸杯接咖啡，然后去收银台那里等着交钱，他放下了拖把朝我走过来。我看到了他的工牌上的姓，我觉得他是中国人，于是开始跟他说汉语。

他一时吃惊，说："昨天你也来买咖啡了。"我说："是的，我睡不着，有时差。”他略带嫌弃：“就一个小时的时差还睡不着？！”我连忙解释：“我住在巴黎。”他又问起巴黎是否治安很差，法国人很喜欢闹罢工、搞游行吧，黄马甲是不是还在活动……我没有多说，只说了一句“其实也还好啦”，然后果断端着咖啡离开。不是每一段在旅途中的对话都那么有趣，这段对话让我想到以往遭遇的诘问，人们对法国的游行罢工似乎总有一些坏印象。可是，如果自己对正在经历的事情感觉不满，那么说出不满并且寻求改变，这难道不好吗？

我住的胶囊旅店位于赤坂，附近有一家电视台，路上的女士们打扮得很时尚。11月的东京即将入冬，路上还有女孩光腿穿裙子，对比之下，裹着大衣的自己简直是土包子。没有计划的旅行开始了，买了东京地铁通票，漫无目的地游荡。旅行中的心情似乎与平日完全不同，虽然平时也住在旅游城市，但一旦身在旅途，便明显感受到一种非日常的气氛，其中的一个表现就是完全不想玩手机。我宁可观察路人，或者发呆，也没有打开手机的欲望。好像也是想借旅行与那个网络上的世界暂时切断联系。

东京地铁的座椅覆盖着厚厚的绒面软垫，座位很宽，比巴黎硬邦邦的窄小座位舒服多了，可还是很紧张，生怕自己挤到旁边的人。看着打扮得一丝不苟的东京人，我感觉自己穿着太随便了。兼任早稻田大学教授的巴黎高等政治学院教授让-玛丽·布依苏（Jean-Marie Bouissou）在《日本的教训：一个非常不正确的国家》（*Les leçons du Japon : un pays très incorrect*）里写道：日本人的着装往往与职业和身份高度相关，不同的群体有特定的穿衣风格，甚至可以说是穿衣规则，也正因如此，日本各行各业都有制服，学生也是一样。人们要用衣着表现自己的身份，通过衣着往往就能知道一个人的身份和职业。布依苏的观察十分敏锐，而这种观察的对比基准是法国。法国连学生都没有校服，小学生、中学生都按自己的喜好穿衣。我在法国住久了，好像也习惯了不穿校服的中小学生，毕竟他们很好认，小学生个子还不高，一脸稚嫩又喜欢聚成一团叽叽喳喳的往往都是中学生。

我隐约感觉到了投向我的目光。在上班时间四处晃荡又没有穿着上班族衣服的人确实有些可疑。我穿着宽松的阔腿裤、宽松的大衣和平底切尔西靴。与穿着高跟鞋和裙装的日本女性相比，我是一个无法用他们的判断标准归类的人。那些投向我的目光似乎带有询问的态度。

在地铁上，无事可做，我开始数一节车厢里有多少男人和多少女人，结果是七成左右是男人。之后若干次坐地铁的经历也验证了这一点，车厢里总是有很多男人。后来我发现月台地面上有标示女性车厢的候车位置，于是决定体验一下女性车厢。结果发现女性车厢还是有男人，可看着那些男人一脸从容的样子，我觉得似乎是我对女性车厢的理解有误。后来查了一下，原来女性车厢是通勤高峰期才专供女性使用的，其他时间男女不限。车厢里男性居多是否意味着有些女性不搭乘地铁呢，有些女性是否被困在自己的街区里做家庭主妇、在街区的超市里采购、在街区里打零工、在街区里接孩子？在地铁车厢里好像就能看出日本的性别问题。

在此之前我也去过日本，那时只顾着感慨“日本真干净啊，真安静啊，人们都好精致、好好看啊”，我并没有注意到东京的地铁上男人比女人更多。这次从巴黎飞到东京，对比十分明显，巴黎的地铁上、路上都有很多的女性，我在巴黎时并没有计算过巴黎地铁乘客的男女比例，可是仅凭粗略的观察便可以感受到东京地铁里的女性比例更低。那一瞬间，我感觉自己好像看到了日本的另一面。

在东京的第一天，我去了神保町，可并没有进任何一家书店。旅途劳顿，没有力气去挑书，只是在那边吃了一份乌冬面，面上覆盖着满满的木鱼花和葱花，旁边的小碗里盛着一只温泉蛋。这是我在东京吃的第一餐。之后去了一家老式咖啡店，由一条被两侧的店铺挤着的狭窄楼梯上二楼，推开门迎面是一整墙的架子，上面放着各式各样的咖啡杯。我选了靠窗边的座位，点了一杯咖啡和一个泡芙。装泡芙的盘子边上蹲着一只小松鼠，它把两只手伸到嘴边，仿佛在吃泡芙。这样的细节让我想起以前来日本旅行的感受，一切都很可爱。邻座两人在聊天，年轻女生在附和中年男人。我喝咖啡期间，那女生几乎没有说自己的观点。我吃完泡芙速速结账离开。东京的下午是巴黎的深夜，困意向我袭来，于是坐地铁回胶囊旅店睡觉。

睡醒以后天已经黑了，我决定出门走走，去了茑屋书店。在杂志区，打扮入时的女孩在翻时尚杂志，翻完一本，然后去翻另一本。心情忽然低落，我决定回胶囊旅店，打算早早结束这一天。去地下一层的公共淋浴间洗澡，出来擦头发，旁边的日本女生拿着一个收纳袋走到公共区域的梳妆台，对着镜子熟练地从收纳袋里掏出卷发棒，开始卷头发。旅行中都如此重视打理头发。回到小小的胶囊间，心里空荡荡的，我不知道自己为什么此刻要在这里，甚至想马上回到巴黎的小房间去。在日本，人的外表或者说女生的外表如此重要吗？

11 月正是赏红叶的季节，在东京的第二天上午我去了根津美术馆。从地铁车厢出来，往出口走，我发现我比那些提着公文包、穿着西装的上班族男人走得还快，忽然感受到了一种巨大的自由。到达时美术馆还没有开门，于是在门口等候。几位穿着素雅的中年日本女士整整齐齐地站在连廊的阴影下，提着乖巧的小包。虽然知道自己也应该去那里排队，但还是站在阳光下，闭上眼睛晒起了太阳。

11 月的巴黎正是连日阴雨的难熬时节，我庆幸自己到了有阳光的地方旅行，于是抓紧一切机会晒太阳，补充维生素D。巴黎的医生往往从入秋开始就给他们负责的患者开维生素D的处方，我的医生也是一样。从10月开始，每两个月喝一支，维生素D装在小小的黄色玻璃瓶子里。那瓶子的玻璃很薄，末端是尖的，中间有一处画着一条线，就是要从这里掰开玻璃瓶子，像医生敲碎麻醉剂一样。在我晒太阳的时间里，陆陆续续来了几个人，他们排在队伍里。开馆的时间到了，人们鱼贯而入，我走在最后，丝毫不着急。看了美术馆内的茶道主题展览，然后到庭院散步。红叶很好看，我走在庭院起起伏伏的小径上，觉得自己真是来对了时候，很高兴。那种高兴似乎并不完全是因为看到了美景，更多是因为一个人旅行的自在心情。

从根津美术馆出来，去吃午饭。在网上看到有人推荐一家店的黄油煎牡蛎套餐，决定去吃。在十字路口等着过马路，店前已经形成一条队伍，对面的大楼上挂着巨大的楼体广告，上面写着“欢迎方济各教宗访问日本”。我走到队伍末尾，开始排队。听到了教堂的整点钟声，意识到附近是教会背景的上智大学。等的时候无事可做，我又开始了我的男女比例观察。排队的八成是男人，是穿着西装的上班族。日本的女人都去了哪里，她们连好吃的牡蛎也不想吃吗？

终于排到我了，走进店里，被安排到了面对厨师操作区域的吧台，正好，这是我喜欢的位置。点了心心念念的黄油牡蛎套餐，堆得高高的卷心菜旁边是 6 只肥美的牡蛎，还有一片培根，旁边是米饭。旁边的人大多也是点的这个套餐。据说牡蛎套餐是季节限定的，秋冬时节才有。猛然发现东京物价比巴黎低。几年前去日本旅行时我还生活在北京，那时国内的物价尚且不高，去日本旅行时总是觉得贵。最开始还忍不住换算，后来就决定不要在意了，来都来了。这次我却猛然感觉日本的物价很低，尤其是外食的价格之低，1000 日元到 1500 日元可以吃到很丰盛的午餐。

意识到东京物价低于巴黎以后，我少了一些顾忌。吃完午饭去一家咖啡馆喝咖啡、吃点心。糖渍苹果乖乖地待在一块软绵绵的蛋糕上，小小的，很可爱。旅行时一天很长，时间仿佛比平时过得慢，像是被不可思议的魔法笼罩。我吃完了点心发现时间还早，于是一时兴起决定去理发，在谷歌地图上搜到了一家店名是法语的理发店。进门以后我先问店员没有预约能否剪头发，店员说可以，然后拿了一张表格让我填写。我以为是调查问卷，马上跟她说我不住在日本，只是过来旅游。她满脸惊诧，跟我说那么地址就不用写了，只要勾选一下我对发型的要求就好。乖乖填好表，被店员带去一位女理发师那里。理发师一边为我洗头和剪头发，一边与我聊天，掩饰不住好奇。我招认自己是逃课旅行，因为这段时间的机票很便宜。她很吃惊，又问我都去了什么地方，我说其实昨天才到，去了神保町。她说："还真是渋い（素雅？

文艺？）呢。”这个词怎么翻译呢，我说不好，大概有种爱好很小众的感觉。

剪完头发以后去了清澄庭园，是由富商的宅邸改造而成的公园。在售票处买了票，然后拿了中文的介绍手册，售票处的阿姨跟我比画，说：“日语版的说明在这边。”我又拿了一份日语版的。庭园的门口立着一块木牌，上面写着当日园丁的工作内容，我去的那天上面写的是“冬天的准备”。简短的词语里有极强的诗意，我好像也应该为冬天做准备了，在这场旅行里调整好自己，慢慢迎接冬天。

清澄庭园中央有一座水池，水池边有茶室，红色、橙色和绿色的树叶倒映在湖水里，我坐在水池边的长椅上一边看红叶一边看落日。时间仿佛停止了，刚剪完头发留下的轻松感尚未消散，很轻松，也很平静。回去的路上看到商场门口大大的条幅，上面写着“11 月 21 日博若莱新酒解禁”。凑过去看了一下价格，比巴黎贵三四倍。食品果然还是在产地才便宜。不过也为日本人对法国文化的狂热所震惊，博若莱新酒在日本似乎十分普及。我早早回去休息，为第二天的火车之旅养精蓄锐，真正的旅行就要开始了。

我的目的地青森位于日本东北。青森与北海道隔着津轻海峡，在新干线尚未开通之前青森与北海道的人们靠青函联络船往返两地。这似乎不是游客们喜欢造访的地方。之所以想去青森是因为我的朋友豆去过青森。她在青森的海边吃冰激凌，装在透明塑料杯里的雪顶式冰激凌映在日落时分微微闪光的深蓝色大海里。那是我对青森最初的印象。我像是接受了一份邀请，在夏天预订了秋天去青森的机票。在接受这份邀请的同时，我也得到了一些线索。

豆拍下的照片里的青森是大海，是苹果，是新鲜的海产品，极少在她的镜头下看到人。大部分照片都是自然风光，大海、溪流和空旷的地方。在这样人口稀少的地方她甚至乘坐接驳车去了一家山里的旅馆，那里连手机信号都没有，也不能上网，晚上都不用电而是用煤油灯照明。青森果然是一个很酷的地方。我从这些照片里开始了对青森的想象。得知我已经订了机票时，豆问我只去青森还是也去附近的其他地方。我对青森具体有什么和青森周围有什么一无所知。豆推荐我去泡温泉，还给了我一家酒吧的地址。豆很喜欢奈良美智，她推荐了这位艺术家的纪录片和收藏了他的作品的青森县立美术馆。原来奈良美智出生于青森县弘前市。

从另一个朋友那里得知太宰治也是青森县人，他写过一本关于在青森各地旅行的随笔集，取青森县的旧名，名为《津轻》。我买了这本书，又去日本书店买了一本青森旅游指南，打算策划一下行程。我的旅行好像都不只是在旅行的目的地观光，还包括出发前的阅读和想象。在踏上目的地之前酝酿一种情绪，旅行好像在开始阅读关于目的地的文字的时候就已经开始了。

我并不是很喜欢太宰治，准确地说，我其实都没能读完那本《人间失格》。我在太宰治的小说里感受到了一种强大的仿佛要将人卷入黑暗深渊的力量，为此感到害怕。尽管尝试了若干次，但也没能读到《人间失格》的一半。可这本太宰治奉报社所托而作的随笔集我十分喜欢，我读的是任宇庭和毛宇飞合译的版本。[1] 太宰治在这本散文集里笔调平和，甚至有一丝温情，他怀念儿时生活的环境与人，与旧日好友重逢，去他出生的青森县那些他尚未去过的地方旅行，仿佛在熟悉中发现陌生。他在《津轻》的开头写道："我生长于斯，在津轻生活了二十年，却只看过金木、五所川原、青森、弘前、浅虫和大鳄的风景，对其他村镇一无所知。"读到这句时，尚未想到我之后的旅行将围绕这些地点进行。我在巴黎读太宰治笔下的青森，在地铁车厢里打开阅读软件，像是怀揣一个巨大的秘密。

乘新干线从东京到达新青森站，然后坐一段短途火车到达青森站。走出火车站，站前广场不大，街上人很少，几乎没有游客，很安静。拿着手机导航走去酒店，很快就看到海，大桥下泊着一艘船，原来那就是八甲田丸号。到达时正是中午，酒店还不能入住，去前台存了行李，然后去吃午饭。大碗的什锦海鲜饭套餐，配沙拉、甜点和咖啡，1000 日元

---

1 太宰治，任宇庭、毛宇飞译：《津轻》，豆瓣阅读，https://read.douban.com/ebook/ 107826782/ 本文引用的《津轻》译文均来自此版本。

出头，青森的物价比东京低。独自坐在寿司师傅面前，看师傅准备，我吃的时候师傅又看我的反应，好像是一种微妙的互动。店里人不多，好像得到了一种在东京没有体验过的关心。

吃完午饭，乘公交车去青森县立美术馆。从后门上车，在车门旁的机器上取一张整理券，我并不知道那具体有什么用，只是跟着前面上车的人有样学样。以往的旅行大多用西瓜卡或通票坐地铁，出地铁的时候在闸机上刷一下就好，不用在意票价多少，卡里没钱了就去充值。青森市内没有地铁，要移动只能坐公交车。我此前并无太多在日本坐公交车的经验，京都的公交车可以刷卡也能用通票，并不复杂。而青森的公交车只能付现金，我一路上一边紧张地盯着司机头顶的显示屏，看票价跳到了多少钱，一边听广播报站，逐渐搞明白了那个整理券的作用，应该是标示我上车那站的号码，用于下车的时候给司机看我一共坐了多少站，以便支付相应的票价。下车时我把整理券和零钱交给司机，司机说了一句“感谢您乘坐”，我松了口气，看来理解得没错。

下车以后，面前是一片有坡度的宽阔草地。上面稀疏地种着几棵树，叶子全部掉光了，光秃秃的枝丫提醒我已经到了北方。远处是一个扁扁的白盒子建筑，那里就是青森县立美术馆。顺着路标穿过草坪，走到那个白盒子跟前，写着“入口”的那扇门几乎与墙面融为一体。去售票处，出示了法国的学生证，售票人员什么也没有问，跟我说日语，给了我一张学生优惠票，然后指了进入展厅的方向。入口很小，进入后却别有洞天，展厅高大，四面墙分别挂着四幅巨大的画，视觉冲击迎面而来。那色彩鲜艳而明快，像夏加尔的作品。

看了一下展品的介绍，果然是夏加尔，是夏加尔为一出舞台剧所做的舞台背景装饰。我没有想到会在青森看到夏加尔的作品。北地冬天凛冽的空气和这宽阔的展厅确实是理想的展示夏加尔的地点，在寒冷的地方看到色彩鲜艳、充满生命力的作品会有更强的感受吧。展厅里还摆着由高到低的一排排座椅，平时还是演出场地，这种舞台感与夏加尔的设计相配。一幅一幅地看过去，转一圈再看一遍，越发觉得这些作品的理想归宿就是这里，就在青森。

不知接下来要往哪个展厅走，身穿及膝长袖棉质连衣裙的馆员为我指了接下来的参观方向。这个美术馆像一个不想让人在里面迷路的迷宫，每一个需要拐弯的地方都有一个馆员，她们穿着同款、不同色的连衣裙（后来我才知道这些好看的连衣裙是皆川明设计的），一言不发，安静地做一个手势。她们像是迷宫里的引路人，不断给我线索，引我去看接下来的秘境。整个建筑似乎也是按照这样的理念设计的，参观的路线没有重复，不走回头路，一步一景，每进入一个新的展厅就有一种崭新的气氛。楼层的转换也是通过馆员的引导完成的，一位馆员对我温柔地笑笑，指给我电梯的方向，电梯只有一个按钮。

我越发感到好奇，轻轻地激动起来，仿佛在探险。我的朋友豆给了我一个线索，这些穿着连衣裙的温柔不语的馆员与她一道，给我后续的线索，与豆配合，为我呈现一些梦境。

仿佛按照既定的路线漂流，我看了一整厅不能拍照的奈良美智的作品，然后在转弯处猝不及防地透过玻璃看到巨大的白色雕塑青森犬。这是豆喜欢的一件作品，白色的青森犬低垂着头和双眼，身处四面深色墙壁围成的坑中。据说这件作品充分考虑了下雪的情况，青森的降雪量很大，冬天开始下雪以后积雪不化，会在青森犬的头上形成一个高高的雪顶帽子。奈良美智考虑了青森犬雪季与非雪季的不同表情。我去时青森还没有下雪。坐在长椅上久久看着青森犬，心里生出宁静和平和。它像是有一种净化的力量，带着单纯而无辜的气息。我懂了奈良美智的展厅为何不允许拍照，因为拍照其实是无用的，那些作品在现场的力量无比强大，照片无法体现。在我出发去青森之前，豆给我的线索是：“你先拥抱一下青森犬，我再拥抱一下，我们就算隔着时间见面了，嘿嘿。”我在心里拥抱了青森犬。

青森县立美术馆的藏品大多是本地艺术家的作品，除了奈良美智，其他的我并不了解。他们大多画青森本地的风光，比如栋方志功画雪景。在我以为参观即将结束时，看见面前的路标指着一条狭长的通道，推开通道尽头的一扇门，便是美术馆的院子。地上有落叶，印着一条一米宽左右的砖红色路径，游戏还没有结束，迷宫不仅是室内的，这里还有线索。

院子的尽头是一排高大笔直的树，一些已经染上了秋色，深浅不一。我顺着那条砖红色的路径走到了一个灰色盒子一样的建筑物前，仅容一人通过的门的右手边写着“八角堂”。从这里进入，绕着狭窄的通道走上半周，透过一个挖出来的小门，看到中间是一座雕像，名为“森之子”。那小门很矮，钻进去以后只能用仰视的视角看森之子，雕塑周围的空间也很小，仰拍也拍不到森之子的最高处。它带着忧伤的神情，似乎在流泪，它的鼻子好像跟青森犬的鼻子一模一样。森之子也是奈良美智的作品，据说同样考虑了积雪时的样子。这座美术馆的空间设计真是巧妙，一路上都有惊喜。在意想不到的地方出现一座雕塑，它用对空间的安排规定了参观者的视角，目的性和引导性都很强。在顺着设计者的路线参观的过程中，感受到了设计者与参观者对话的意图。

参观完八角堂，箭头又指向了美术馆的咖啡厅和纪念品店。我去纪念品店买了一张戴着雪顶帽子的冬天青森犬明信片，然后走进了空无一人的咖啡厅。点了一杯苹果汁，坐在靠窗的位置，看到了刚才没能拍到的森之子的头顶。

参观完美术馆，乘车返回青森站附近，去专卖苹果相关产品的 A-Factory。在那里可以买到苹果干、苹果蛋糕、苹果派、苹果果酱、苹果冰激凌、苹果咖喱、苹果汁、苹果酒等与苹果有关的产品。苹果是青森县的名产。我在里面转了一圈，发现了一个卖真正的苹果的货架，那里摆着若干种青森当地出产的苹果，有的单个售卖，有的两个一组包在可爱的包装袋里，苹果都很好看，每一个苹果上都贴着表示品种名称的贴纸。

旁边还有一个篮子，里面装着三个一袋的苹果，标签上写着“次等品”。对比一下，价格比普通苹果低了不少，但外表看起来并没有什么异样，也跟其他苹果一样套着防撞保护网。我决定买一袋回去试试，已经来到了苹果的产地，最应该试试的大概是苹果本身，而不是苹果的加工品。苹果汁和苹果酒法国也有很多，诺曼底地区盛产苹果汁和苹果酒，除了普通的苹果酒，还有一种酒精度很高的苹果烧酒，以产地卡尔瓦多斯命名。我对苹果衍生产品并无特别的兴趣。

豆告诉我青森的名产是帆立贝，于是在青森的第一顿晚饭找了一家专做帆立贝的餐厅，点了一份套餐，里面有黄油烤帆立贝，还有帆立贝刺身，非常好吃。青森很像法国的诺曼底，都是在海边，都盛产苹果和帆立贝。帆立贝在法语里被称为圣雅克扇贝，吃起来感觉跟青森的差不多，诺曼底的吃法也是用黄油煎一下。不禁思考这两地是否有某种联系，我在太宰治的《津轻》里找到了答案。

> 此处山脉是全国屈指可数的琵琶木产地，琵琶木则是当地了不起的土产，拥有绝对足以夸耀的古老传统，苹果也要甘拜下风。与琵琶相比，苹果在明治初期才从美国人那儿拿来种子试种，直到明治二三十年代从法国传教士处学到法式栽剪法，才骤然大成。此后的青森人开始习于苹果栽培，终于在大正时期使其成为青森特产，并驰名全国。青森苹果的底蕴虽不输于东京的“雷起”（米的品种）、桑名的“烤蛤蜊肉”，但比之纪州蜜橘，便要逊色不少。关西关东人提起津轻便马上想到苹果，却对琵琶木知之甚少。可青森一名的由来倒更像是起自后者。你且看津轻诸山的林木，它们枝干交错，经冬愈青，繁茂已久。很久以前这里便被列入“日本三大林地”之一。

青森古名津轻，之后得名“青森”似乎与此地的森林有关，尤其是琵琶木。苹果成为青森名产的历史并不长，其兴盛与法国传教士传入的栽剪法有关，果然，青森与法国有一些联系。

青森是太宰治的故乡，2019 年恰逢太宰治 110 周年诞辰。随处可见与之相关的活动海报，弘前市立乡土文学馆正举办相关的纪念展览。我决定去看看太宰治的《津轻》里写到的地方。第二天一早离开青森市，乘火车前往弘前，火车线路的名称跟太宰治周游青森时一样，没有变化。火车行驶途中经过一些苹果林，大部分苹果已经收获。偶然经过几棵缀满红色苹果的树甚是激动，列车运行太快，来不及掏出相机。低矮的枝丫上缀满果实的苹果树莫名让我感觉喜悦和愉快。《魔女宅急便》的作者角野荣子也很喜欢苹果树，她在《角野荣子每天的各种事情》里写到她心目中理想的场景是广阔的院子的中央只有一棵苹果树。她搬家到镰仓以后发现镰仓的气候不适合苹果树，家里庭院面积也不够大，于是改种甘夏和金柑。镰仓的气候很适合柑橘类生长，角野荣子的甘夏长得很好，2016 年收获了近一百个，她每天早上用来榨汁喝。她说她喜欢能结出果实的树，比如柿子树和栗子树。我也有同样的心情，在公园散步的时候往往被结果子的树吸引。挂满苹果的苹果树的样子让人感觉安定又平和，那场景像是绘本里的一页，难怪有童心的角野荣子会梦想在庭院里种一棵苹果树。

我到弘前参观了弘前城，此时正值红叶季。又去了藤田纪念庭园，看了那里的红叶，可是已经看饱了，从东京开始一路上都在看红叶。中午在藤田纪念庭园附设的大正浪漫茶室吃了苹果咖喱。我平时自己做咖喱的时候也喜欢往里面放一个苹果，加了一点酸甜果味的咖喱变得更好吃了，法语里的土豆的字面意思是土里的苹果（pomme de terre），把苹果（pomme）切成小块时感觉苹果的质感与土豆差异不大。阳光很好，旁边一桌的一家人点了好几款苹果蛋糕和苹果派，在喝咖啡。

一路上到处都是苹果，到处都是红叶。我想体验其他东西，于是拿着铁路通票，跳上了开往大鳄温泉站的火车。大鳄是青森县内有名的温泉地，太宰治也曾到访，他认为大鳄温泉颇有古韵，尚未变得烟火俗气。他在《津轻》中写道：

> 在津轻，浅虫温泉名气最盛，大鳄温泉或为其次。大鳄，极津轻之南，临秋田北界。虽有温泉，却以滑冰场驰名日本。温泉隐于山麓，遗津轻藩史之古韵。因为家人时常在此疗养身体，我在年少时也曾到此一游，却未留下如浅虫般清晰、鲜明的回忆。不过浅虫的种种过往虽然鲜活，却未必愉快。大鳄的回忆则在朦胧之中满是怀念。这或许也是山与海的差异。如今的大鳄温泉，我已近二十载未见。难不成现在也像浅虫这般耽溺于烟火气息，迷乱不堪吗？我对此耿耿于怀。要知道，与浅虫相比，大鳄与东京方面的交通条件可谓恶劣，此是其一；温泉近倚碇关，系旧藩险关，

为津轻、秋田分壤，故而多存史迹，古津轻的生活习惯根植颇深，不会轻易移风易俗，此是其二；最重要的是，此去北向三里有弘前城，其天守阁存世至今。岁岁阳春，樱花环抱，夸其健在。所以，我一厢情愿地以为，只要有弘前城的影响，大鳄温泉不至于移风市井，堕入俗情。

大鳄温泉火车站是一个比便利店大不了多少的小房子，在这里下车的乘客寥寥无几，游客更少。从火车站出来，面前是一个足汤温泉。我已经订了青森的酒店，没法住大鳄的温泉旅馆，只能选择可以白天泡汤、当日往返的温泉，看了旅游指南，选了一家名为“大鳄 come”的温泉。“大鳄 come”离火车站很近，远远就能听到那边的喧闹声，广场上支着十几个小棚子，好像在卖蔬果和小吃。路上经过了几家温泉旅馆，大鳄果然是温泉胜地。“大鳄 come”规模很大，进门以后在自动售票机上投币买票，500 日元，把小票交给检票阿姨就可以进场了。票价意外地便宜，到了更衣室以后我发现了便宜的原因，因为一切物品都需要自带，票价只是温泉入场券，不包含毛巾和浴衣等传统温泉旅馆会为客人备齐的物品。不知如何是好，看着周围的奶奶们脱衣服、穿衣服、吹头发、跟熟识的人聊天，我决定将错就错，脱了衣服，冲了淋浴，去泡温泉。

一共有三个温泉池，两个在室内，一个水温 41 摄氏度，另一个水温 43 摄氏度，还有一个露天温泉。此外还有一间桑拿室。我逐一进入，在温暖的水里很放松，一边泡汤一边听周围的奶奶们聊天。气氛热络，她们好像经常来，或许是邻居，彼此熟识。还有一家人一起来的，外婆、妈妈和女儿。好像闯入了一个街区的女人们的社交场所。

最喜欢的是露天温泉，背后是一座山，面前是晴朗的天空，温泉水很热，晒着太阳，在室外也不觉得冷，身处大自然之中，很惬意。这座露天温泉没有老式温泉旅馆的露天温泉那种精心营造的环境，只是一个普通的在室外的长方形池子。从室内的温泉推开一道玻璃拉门就是，没有曲折的小径，也没有苔藓和蕨类植物。我却在这里感觉到了舒服和自在，好像忘记了那些打扮得一丝不苟，连可爱都是往同一个方向可爱的东京女孩。跟一群赤裸的女人泡着同一个温泉，我忽然意识到好像不存在能改变人生的衣服和鞋子，买那些不属于自己日常风格的衣装是为了装扮成理想中的另一个自己，如同戏服，平常并不会穿，可是看到的时候还是会买，因为以为自己以后会有机会穿。在买的时候仿佛看到穿上它的自己成了一个更好的版本的自己，所以才忍不住要买。还有那些具有讨好气质的衣服，穿上它们的时候我觉得别扭，觉得自己是在为别人穿衣，不得不在那身衣服里演一个角色。

我在那个长方形的露天温泉池里想明白了这件事，做自己、做自由而快乐的自己更重要。太宰治的担心大概是多余的，大鳄温泉还保留着自然淳朴的风貌，丝毫没有流俗。从温泉里出来，因为没有带毛巾，掏出随身带的纸巾，用了一整包把自己擦干。在大厅的自动售货机上买了一瓶冰牛奶，身体里的热气还在，忽然感觉自己很自由。我在回青森市的火车上睡着了。

晚上选了一家寿司店去吃晚饭，进门以后坐到了师傅面前的吧台座，旁边是一对年轻的情侣。这是一家夫妻经营的小店，师傅看起来70多岁了，满头银发，很精神。奶奶给我拿菜单，我说了一句谢谢。她回头问我："是要某一道菜吗？"我的那句谢谢她没有听清楚，她误以为我是要点某一道菜，这也验证了水林章的判断，在日本果然无法像在法国那样跟店员说出"你好""谢谢"和"日安"这样的词，服务的一方没有期待从客人那里听到这些话。

我看了菜单，点了什锦刺身拼盘和一杯啤酒，打算先吃着，之后再点其他的。爷爷一边准备一边问我是哪里人，我说是中国人，他似乎耳背，转而问我："哪个县出生的？"旁边的年轻男人笑着跟爷爷说："她是中国人。"爷爷很震惊："欸？是中国人吗？会讲日语的呀，长得也像日本人，肤色也像日本女孩啊。"我说："确实是中国人，日本女孩没有戴眼镜的呀。"旁边的情侣开始讨论："哎，确实是啊，日本女孩都戴隐形眼镜啊。”

气氛活跃起来，我开始跟爷爷奶奶和这对情侣聊天。他们好奇我来做什么，旁边的男人说：“你来青森旅游，而且来了这家店，品位真不错！”爷爷奶奶则感慨我住在法国这件事：“那你会说法语啦？是有钱人家的大小姐吧？法国总统的老婆是不是比他大很多岁，是他的老师来着？日产那个出事的人是法国人吧，现在怎么样了？……”

爷爷说的是津轻方言，奶奶负责帮我翻译成标准日语，聊天很快乐。看着旁边那对情侣面前的菜，我也点了同款茄子，又点了一份盐烤帆立贝。一边喝着冰啤酒，一边吃着下酒菜，在异国小城的小餐馆里用外语与偶遇的人们天南海北地聊着，我感觉自己好像漂浮起来，在水面上荡着，又自由又快乐，这一刻感觉自己好像真的是个大人了。青森的夜很黑，照明有限，很多路连路灯都没有，我就在这样的路上走了一公里回了酒店，可是在路上丝毫没有感到害怕，只是感觉来青森太好了。

在青森的第三天，早上去了酒店附近的咖啡馆吃早饭。厚切吐司上涂满黄油，还附送一小碟苹果果酱和一颗煮蛋，又点了一小份沙拉，配咖啡，吃得心满意足。喜欢日本的咖啡馆的早饭，用比一杯咖啡多一点点的钱就能吃到包含咖啡、吐司和鸡蛋的早餐套餐。周围的人不紧不慢，一边喝咖啡一边读报纸和杂志，有些上班族打扮的人合上报纸交了钱就提上公文包走了。这是一家当地人喜欢来的咖啡馆。青森的游客不多，外国游客更少。店都有一种朴实的气息，认认真真地经营，不是做一锤子买卖欺负游客的店。

从青森站出发，乘坐奥羽本线到川部，然后换乘五能线到五所川原，再由津轻铁路到金木。我算不上太宰治的忠实读者，却因为读了《津轻》想去看看他的出生地。青森的变化似乎不大，铁路线路的名称与太宰治所写无异，奥羽本线和五能线都是太宰治曾搭乘过的铁路线路。津轻铁路是一条在两排林荫树之间穿行的铁路，一路上停很多小站，车厢是橙色的，上面写着“奔跑的梅洛斯”，大概是考虑到肯来到这种偏僻地方的人大多是为了太宰治。津轻铁路是当地运营的线路，不能使用铁路通票，从五所川原到金木的票价是 550 日元。车上有一位女讲解员讲解沿途的风景和地名，她还讲了一些太宰治的故事，比如太宰治原名津岛修治，但在青森当地方言津轻话里这个名字的发音很难，他因此为自己的名字感到害羞，于是起了笔名太宰治。这个故事的真假且不论，女讲解员有时故意说津轻方言，然后用标准日语再解释一遍，听起来很有趣。

金木是一座人少又安静的小城，从火车站出来步行就可以到达太宰治的故居。我在路上停下来，进了一家寿司店，点了一碗什锦海鲜饭。从进店到吃完，店里只有我一个顾客，师傅也不多言，我独自默默吃完。走去太宰治的故居斜阳馆，一路上有很多小牌子，上面写着太宰治作品的节选，金木还有以太宰治命名的街道。斜阳馆很好找，放眼望去是附近少见的气派房子，两层高，内部也很敞亮。可以想见当年是如何阔气，太宰治一家是当地的地主，其父曾出任议员，太宰治是家中的第十个孩子。馆内陈列了很多太宰治的旧物和照片，参观的人寥寥无几。

行程比预计结束得早，在青森旅行的几天几乎每天都有这样的感觉。城市规模小，交通方便，游客少，不排队，游览的过程很顺利，计划的行程很早完成，一天格外长。我回到金木火车站，等火车。火车站内有一家饺子店，赫然打出苹果饺子的宣传旗，想象不出来是什么味道。旅行中很多东西都想吃，但是肚量有限，只能选择吃最想吃的东西，于是没去尝苹果饺子。

青森果然是著名的苹果产地，苹果相关产品的种类多得超乎想象，好像一切皆可与苹果搭配。法国的诺曼底地区也盛产苹果，但苹果产品的种类局限在苹果汁、苹果酒、苹果烧酒和苹果果泥这几种内。法国的超市里偶见烤干的苹果片，被宣传为可以代替薯片的健康零食。面包店里有卖苹果派，其实也不是苹果派，法语的字面意思是“苹果拖鞋”，因为点心的形状类似拖鞋，是一种常见的酥皮点心。但再多的种类便没有了，法国连苹果果酱都没有。我曾与法国朋友讨论为何法国没有苹果果酱，她的回答也让我震惊：

“为什么要做苹果的果酱呢？”法国的果酱多是草莓、蓝莓、杏子、覆盆子等口味，似乎已经有足够的水果可以做成果酱了，没有必要做苹果的果酱吧。我的法国朋友听说日本有苹果果酱，很吃惊。日本对当地特产的开发思路比法国开阔得多，青森的苹果衍生产品很多，包装也设计得可爱，诱人购买。

在青森的旅行即将结束，我又去了一趟 A-Factory。之前买的三个一组的打折苹果很好吃，三个是不同的品种，其中一个名叫“星星的金币”，酸甜的平衡很棒，吃起来不觉得甜腻，又很脆，水分充足。我想再买一些。但是那个放苹果的柜台并没有这种黄色的苹果。正好有店员来补货，我问了她是否还有“星星的金币”，她说：“今天没有了。星星的金币是中野苹果，今天没有他们的货。”原来如此，不同的苹果是不同的果农送来的。

店员看我在那个特价苹果的篮子前犹豫，又补充说：“这种也很好吃呀。”我犹豫的点不在于苹果是否为打折的次等品，我只是感觉没能买到“星星的金币”有些遗憾。说实话，之前的那一袋特价苹果我根本没有发现哪里有什么问题，苹果没有受伤，也没有烂掉的地方。我跟店员表达了我的疑惑，不明白为什么看起来好好的苹果被归入了次等品的行列。她回答：“其实有的苹果被归入次等品是因为它们跟其他的苹果长得不一样大，每个品种的苹果的大小也是有要求的，摆在货架上要一样大才行。”原来如此，这些苹果只是因为跟要求的大小不一样就被归入了次等品的行列。多么残酷，多么严格。我忽然为这些被划入次等品的苹果感到难过。果断拿了一袋次等品苹果——即使没有“星星的金币”。

结束了青森之旅，我乘新干线从青森到东京，然后换乘，从东京到京都。漫无目的的旅行在继续，没了以往的购物心情，路过衣服店的橱窗，衣服是好看的，可是并不想买；药妆也不想买，好像完全放弃了收拾自己这回事。大概也跟我只带了一个登机箱有关，即使想买东西也装不下。

到京都当天，去了吉田山顶的咖啡馆茂庵。茂庵极其隐蔽，手机导航显示它在山上，可是按照导航的引导走着，前方却没有路了。已经到了半山腰，不甘心放弃，在网上找到了一张地图，又兜兜转转。山路很美，正是红叶季，从山上俯瞰京都市区，视野开阔，心情也平静下来。眼看已经错过了午餐的时间，着急也无济于事，于是慢慢走着，边走边看风景，终于看到了山顶的咖啡馆。

那是一个传统日式木造房子，与其说是咖啡馆，不如说更像是一间茶室。很多人在等位，我也赶紧去门口的本子上写下名字。没有想到这样偏僻隐秘的咖啡馆竟有如此多的人来，我在上山的路途中并没有遇到他们中的任何一位，看来我确实绕了弯路。午餐时间已经过了，不过幸好还有点心，我点了咖啡和苹果蛋糕。看到菜单上的当季推荐是苹果蛋糕，虽然已经在青森吃了很多苹果，但还是点了这一款。这次旅行或许是苹果之旅。

一位 60 岁左右的男店员为我端来咖啡和蛋糕，这家咖啡馆入门时要脱鞋，人们都是穿着袜子踩在榻榻米上，这位店员也是。大概是脚底滑了一下，他一不小心把咖啡洒了一些出来，淋到了我挂在椅背上的包，还有一些淋在了地面上。他马上跟我道歉，帮我把包擦干净，然后又重新端了一杯咖啡给我。我跟他说没关系。是真的感觉没关系，人人都可以疏忽出错，不是什么大不了的事，我不懂他为何要如此郑重地道歉。结账的时候他又跟我道歉，收银的女生也跟我道歉，还拿出了几个小本子让我挑一个，说是作为补偿。我挑了一个，又说了真的没关系，便离开了那家咖啡馆。

四处闲逛，去高台寺看了夜间红叶，去了惠文社书店，在四处晃悠的途中打开手机，收到了枕书的回复。我之前给她发了消息，说自己在京都旅行，跟她问好。没有想到她邀我一起吃饭，好高兴。枕书本想约我吃晚饭，但第二天的下午我就要坐飞机返回巴黎了，于是约了午饭。她提出去茂庵，我说虽然我去过了，但是因为错过了午饭，还想再去一次。我在吉田山下的鸟居等她，她背着两个布包来了，熟门熟路地带我往山上走，果然跟我之前走的不是同一条路线，这次很快就到了山顶。

我跟她说我的旅行见闻，又讲起了苹果的事情。我说：

“我忽然感觉日本的苹果就跟日本的女孩差不多，都是要外表可爱，样子好看。而且大家好看的方向、可爱的风格都是一样的，好像有一种规范，可爱只有一种，大家都要努力把自己变成那一种可爱的样子。而那些被划入次等品的苹果并没有什么错，它们只是受了一点无伤大雅的伤，被不良天气影响到，或者只是跟其他的苹果长得不一样大。”

我感慨道：“那个苹果也很好啊！却要被贴上‘訳あり’（次等品）的标签，日语里表示道歉的一句话是‘もうし訳ございません’（对不起），用的是同一个字，好像那些被划入次等品的苹果还要说一声抱歉似的。可是有什么需要抱歉的呢？作为一个苹果它没有任何问题。”枕书鼓励我说：“我觉得你可以写书,题目都想好了,就叫‘那个苹果也很好’怎么样？”当时我并没有当回事，因为从未想过要写论文以外的东西，可现在我却真的写起了苹果的故事。

我们讨论了苹果，讨论了日本的女孩，讨论了日本性别平等的状况。我跟枕书说起在东京地铁里的男女比例观察，她说起了在大学研究生院的现象，然后拿出手机开始查日本国立大学的男女比例。那数字就跟被划入次等品的无辜苹果一样让人觉得难受。

这次旅行我好像看到了日本社会的另一面，看到了精致、干净、可爱又礼貌的外壳之下的残酷内里。这种冲击或许因为我已经在法国住了几年，从法国去日本，性别平等状况的差别一目了然，人们对待苹果的方式的差异也一目了然。

日本之旅结束了，可是苹果之旅还没有结束，我在日常生活中开始关注苹果，并且思考苹果背后的问题。法国的苹果品种也很丰富，每一种都有自己的名字，我也是在法国才知道原来“嘎啦果”的法文名字叫“皇家舞会”（Royal Gala），“嘎拉”看来是音译，本以为是朴素的苹果的“嘎啦果”的法文名字却十分华丽。虽然法式园林以规整的几何形状著称，提起法式园林，人们往往想起被修剪得十分整齐的树木，可是法国人并不用这样的标准要求苹果。

超市里、市场上和水果店里，苹果都是随意地装在箱子里，堆成一堆。有的水果店还会在室外放置两米见方的巨大箱子，里面装满了苹果，苹果似乎是从卡车里被倾倒进去的，人们弯着腰从里面拿苹果出来。苹果的样子也多种多样，有轻微擦伤的苹果也被售卖，大小也不一致。人们并不觉得这是什么问题，而喜欢购买有机农产品的消费者反而喜欢那些长得不规整的蔬果，觉得那样才自然。超市里的有机蔬果区的蔬果卖相与日本的蔬果完全无法相比，却标着比普通蔬果更高的价格。

从青森回到巴黎，有一天我在宿舍跟同住的一个日本女孩一起吃饭。饭后，我拿起一个苹果开始啃。她说：“你吃苹果的方式跟法国人一样呢！都是整个啃。”我很诧异，此前没想过这个问题。她说在日本大家习惯把苹果切成小块吃。我在青森到京都的旅途中，在新干线上抱着苹果啃，那个苹果非常大，一只手拿不住，需要双手捧着。这是一种叫“世界一”的苹果，据说是因为这种苹果被命名时是全世界最大的一种苹果。看来日本与法国不仅挑选苹果的标准不一样，吃苹果的方式也不一样。

日本女性似乎有着一整套精细的关于日常生活的行为规范，偶然在日本的网站上看到一个教女性一个人去吃松屋的教程，这才知道原来多数日本女性觉得一个人是没法去松屋吃饭的。松屋是类似吉野家的连锁餐厅，我在东京停留时去松屋吃了两天早饭。套餐内容丰富，价格不贵，清晨也营业。当时我有时差，一大早就能吃到饭，十分感激。当时还不知道日本女性大多觉得一个人去松屋吃饭是一件尴尬的事。正如我不知道在日本女性吃苹果的规范，我也不知道日本女性大多不会一个人去吃松屋，我抱着苹果就啃，一大早就去松屋吃饭，丝毫不觉得尴尬。回头想想，这种自由似乎来自无知。可是，知道这样的东西有什么用呢？

日本人对法国文化有着难以形容的好奇和崇拜，比如在东京能看到大肆宣传的博若莱新酒，而这一点甚至体现在甜点上。每年都有无数日本人到法国学甜点，东京也有法国蓝带学校的分校，在东京有很多家店名是法语的点心店。我去过这样的点心店，比如位于吉祥寺的 à tes souhaits。日本的甜品很好吃，对传统的法国甜点做出改良，甜度降低到了合理的程度，味道很好。日本的包装和服务也比法国更细致，在日本的店里买点心，店员会问从店里回家的路程要花费多长时间，把糕点的底座用胶带固定在纸盒的底部，在纸盒里隔出一个小空间来放相应数量的冰袋。

这或许是日本人对法国甜点一厢情愿的想象，好像法国的东西就是精致而美好的。而他们一旦到了法国，或许会发现自己的幻想都破灭了，这大概是“巴黎综合征”的病因之一。

法国的点心店的包装很随意，除了极少数高级点心店，大部分店铺连纸盒都不用。店员拿着一张包装纸，把点心放在上面，包成一个金字塔形，递给顾客。在路上看到用手小心地托着锥形包装的人，不用问，那里面一定是点心。我第一次拿到这样包装的点心时很吃惊。酥皮里夹着奶油的千层酥（国内通称为“拿破仑”，但法语名字是千层酥，mille-feuille，这也是一件有趣的事，偏偏在法国以外的地方人们喜欢叫“拿破仑”）居然直接包在一张薄薄的纸里。后来逐渐明白了为何有这种做法。在法国，店员对待面包和对待点心的方式是同等随意的。

吃法棍时，先从一端掰下一截，差不多 15 厘米长，从中间撕成两半，露出松软的内部。在来法国之前我以为法棍很硬，来法国以后才发现法国的法棍并不是这样的，外皮是松脆的，内里有均匀的气孔，是软的，带着嚼劲。刚出炉的法棍是最棒的。店员用夹子夹住面包，把法棍的下半部分顺进细长的纸袋，超市里卖的法棍包装袋很长，长度大于法棍本身的长度；而面包店卖的法棍的包装纸一般只有法棍长度的一半。有一些店更随意，只用一张餐巾纸大小的纸在法棍中间绕一圈，宗旨是手需要拿的地方垫着纸就好，其他的地方不必浪费包装。

巴黎的面包店十分密集，一个街区有很多家，从我的住处出门走上两分钟就有两家面包店，人们习惯在自家附近的面包店买面包，有固定光顾的面包店。顾客和老板彼此熟识，买面包时也会在打招呼之后闲聊几句。这种消费塑造着巴黎的邻里关系，街区像是一座小小的村庄，在街区内部，生活所需的设施一应俱全。人们没有跑去远的地方特地买面包的习惯，面包店的包装自然也没有必要做得那么周全。点心店也是一样，人们习惯去街区里的点心店。法国有很多店兼营面包和甜点，招牌上会写 boulangerie（面包店）和 patisserie（点心店），这种是日常生活中法国人会去的店铺。

日本的一些点心店主打法式路线，店内装潢精致可爱，包装精美，比巴黎的店铺还符合人们对法式风格的期待。而在巴黎，法式风格其实很随意，透着很多自由。心有余裕，从容地在家附近买上一根法棍或是一块点心，这比特地坐地铁去名店探访更从容。

我开始思考法国和日本对待苹果的方式的区别是否也体现在其他产品上。法国的鸡蛋和鸡肉有分级制度，分级的标准是鸡的生活方式，分为笼养、露天饲养（一天里有规定的时间在户外，其他时间在笼子里）和完全散养。最贵的一种是完全散养的鸡，法语里表达这个分级用的词是“自由”（liberté）。在法国，连鸡最被看重的品质都是自由。这是我个人的演绎，法国人或许习以为常，并没有在意最贵的鸡肉和鸡蛋的等级用的词跟“自由”是同一个词。我固执地认为这个巧合可以说明一些东西，这种对农产品的外表和品质的理解的不同也能反映出不同社会对于人的态度的不同。在法国，除了法律禁止的事情，其他皆是个人自由，来自法国大革命的箴言“自由、平等、博爱”里排在最前面的也是自由。

我也想做一个自由的人，不焦虑自己的外表是否符合可爱的定义，做自然状态下的自己。从日本回来以后，开始整理衣柜，挑出那些不常穿的衣服。买下它们时其实是想扮演那个并不是自己的人，想变成另一个人，而现在已经没有这样做的必要。我想做自由的自己。还挑出了那些具有讨好气质的衣服，一并整理好放到了衣物回收处。下定决心尽量少买衣服，已有的衣服已经可以满足日常生活的需要，衣服质料结实，或许十年都不会穿坏，认真穿已经有的衣服就很好。我好像与自己和解了，接受了自己本来的样子，也因此变得从容和自在起来。

这次苹果之旅持续了很久，旅途结束了，相关的阅读还在继续。去过青森以后好像对苹果多了一些感情，苹果是一种十分可爱的水果。秋天到了，想吃苹果，还自己烤了一次苹果派。去图书馆借绘本,看到两本与苹果有关的绘本，立刻借回来读。这两个绘本都很有趣，我想把这两个故事与你分享，算是苹果之旅的延续。

第一个故事是岩村和朗的《一个红苹果》。小女孩喜欢吃苹果，她带了一个苹果去爬山，打算在山顶吃苹果，可在半山腰处苹果不小心掉了下去。苹果沿着山往下滚，小女孩连忙冲下去，她跟在苹果后面跑，却没有苹果跑得快。这时她遇到了一只兔子，她赶紧叫住兔子:“我的苹果掉了，帮我拦住它啊！”兔子马上朝山下跑，苹果继续向下滚，后面跟着一只兔子和一个小女孩。突然，又遇到了一只松鼠，小女孩又叫松鼠帮忙抓住苹果，松鼠二话不说，也马上跑起来。苹果继续向下滚，后面跟着一只松鼠、一只兔子和一个小女孩，他们都在跑。突然苹果停住了，它撞到了熊的后背，终于停下了。熊回头看看他们，小女孩决定与兔子、松鼠和熊一起分享苹果。小女孩吃了一口，兔子咬了一口，松鼠啃了一口，熊张开嘴把剩下的一大半都吃掉了。然后他们一起爬到了山顶，把苹果核种在了地里，他们想象若干年以后山顶上会有一棵结满苹果的树。故事到这里就结束了。

这个故事我看的是法语版，标题是“一个红苹果”，后来查了日文版，日文版标题更为贴近故事主旨，日语版的标题是“苹果只有一个”（りんごはひとつ）。这是一个有关分享和互助的故事，温暖、感动，但也有几个瞬间感觉自己已经是大人了，我最开始担心：兔子会乐意帮忙追苹果吗？结果是兔子很乐意，松鼠也很乐意，它们都拼尽全力去帮小女孩追苹果。我又担心苹果撞到了熊的后背以后，突然回过神来的熊会不会生气，会不会吃掉兔子、松鼠和小女孩，结果熊没有生气。他们开始吃苹果，我又担心熊一口把剩下的一大块都吃完了，兔子、松鼠和小女孩会不会觉得熊吃得太多了而不高兴，结果他们也没有不高兴，反而一起快快乐乐地去爬山种树了。自己好像已经是一个看到了太多邪恶而战战兢兢的无聊大人，故事里的小动物们互相帮助，分享苹果，他们都很快乐。在这个故事里，苹果是一种让大家都感到快乐的水果。

第二个有关苹果的故事是小出淡撰文、小出保子绘图的《阿嚏》。这是一个发生在雪天的故事，邮递员白兔给三只土拨鼠送来了包裹，可是天气太冷了，白兔好像感冒了，它打了一个喷嚏：“阿嚏！”三只土拨鼠决定让白兔在它们的家里休息，它们主动提出帮白兔送剩余的包裹。三只土拨鼠出发了，在雪中拉着载满包裹的雪橇，把给松鼠和浣熊的包裹都送到了。雪下得越来越大，还刮起了大风，雪橇被风雪卷得散了架，雪橇上的苹果箱子裂开了，苹果四散，三只土拨鼠努力找苹果，只找到了六个。它们发愁，决定把仅剩的六个苹果交给狐狸奶奶。狐狸奶奶开门时很惊诧，来送包裹的不是白兔，而是三只土拨鼠。它听完土拨鼠的故事以后，赶紧让它们进屋暖和一下。狐狸奶奶很感动，把苹果送给土拨鼠,每只土拨鼠都得到了一个苹果。风雪停了，三只土拨鼠坐着雪橇回家了。白兔也暖和过来，它不再打喷嚏了。三只土拨鼠决定把一个苹果送给白兔。故事到这里就结束了。这也是一个关于互助和分享的故事。小动物们互相体谅对方，乐于帮助有困难的一方，又乐意与他人分享。它们之间毫无恶意，勇敢地战胜来自大自然的困难，把温情留给对方。这个故事里的苹果也让人觉得很美好。

我又买了一本苹果的菜谱，毕业于东京外国语大学法文系的若山曜子曾在法国留学，学习甜点，她写了很多菜谱书。这本苹果点心菜谱腰封上的一行字打动了我："りんごがあれば、大丈夫（有苹果的话，就不用担心）。"

若山曜子在前言中写了她与苹果的故事：在日本时，生病时祖母把苹果削皮、切好给她吃，妈妈做的便当里也常有一块苹果，她觉得苹果是一种日常的水果，身边好像一直都有苹果。那时的苹果于她而言是一种普通的水果，没有特别喜欢。到了法国，若山曜子吃到了翻转苹果挞（tarte

Tatin)。这是一种法国家常点心。据说经营餐厅的塔丁(Tatin)家族的姐妹在制作苹果挞时不慎将还没有铺好面皮的苹果馅直接放进烤箱，为了弥补失误，将错就错，把面皮放在了苹果馅上面，等面皮烤到金黄以后再将苹果挞翻正。这个失败的作品竟大受欢迎，此后成了餐厅的招牌甜点。这个在失误中诞生的菜谱流传至今，几乎在法国任何一家餐厅都能吃到。

若山曜子正是在法国吃到翻转苹果挞以后改变了对苹果的印象。苹果的酸味与黄油和砂糖的甜味达成平衡，她爱上了苹果点心。她在面包店买名为“苹果拖鞋酥”(chausson aux pommes)的法式苹果派，她开始喜欢苹果，懂得苹果的魅力。苹果这种朴实的水果其实很好吃，若山曜子在她的菜谱里介绍了很多种吃法。翻转苹果挞的故事让我想起在京都茂庵咖啡馆跟我道歉的店员，其实失误一下又能怎样呢，不会怎样的，失误可能会带来新的发现呢。人与人之间的关系其实没有那么紧张，即使把咖啡洒出来，客人也未必生气，就像被苹果撞到的熊也没有发火一样。又想起东京遍地的24小时便利店和24小时营业的餐馆，或许不这样也可以，像法国这样早早关门并且有休息日，好像也可以。就像苹果一样，这世界上可以有长成各种各样的苹果，不论它们的外表多么不同，它们都有很好的滋味。我想说：那个苹果也很好。

我的苹果之旅似乎结束了，似乎又还没有结束。我在吃苹果时常常想起这次充满了苹果的日本之旅，也常常想起那两个与苹果有关的绘本，或许与苹果有关的阅读还会继续下去。2020 年秋天，我自己煮了苹果果酱，烧热锅子，把切成小块的苹果和砂糖搅拌好，倒入白葡萄酒和柠檬汁，趁热装瓶。做完苹果果酱，整个房间都充满了甜甜的味道。我在没有苹果果酱的法国自己做了苹果果酱，复刻青森咖啡馆的苹果果酱。我把果酱的食谱发给了豆，青森和苹果成了我们共同的经历，我拿着她给我的线索，在青森发现了她想要告诉我的秘密。豆在北京也做了苹果果酱，她的猫忍不住跳上灶台，充满好奇。我把做好的果酱里的一罐送给了在巴黎的朋友，她吃完以后做了一锅油辣子，装在同一个玻璃罐子里送给我。我也感受到了绘本里小动物们分享苹果的快乐。

2020 年 11 月

后记：写作是一种疗法

2020 年冬天，我好像突然找到了一种用于讲述我的经历的声音。我开始写自己的日常生活。而在此之前的夏天，我读了盐野七生的随笔集《思想的轨迹》。在这本书中，盐野七生写了她作为研究地中海历史的日本人在意大利生活的经历。她对意大利社会有着犀利的观察，也时常就同一话题对比日本和意大利的情况，犀利透彻又幽默活泼。我很喜欢这本书，读着读着不禁生出了“这种书我也能写”的念头。然而，想一想和实际去写，完全是两码事。我一直喜欢村上春树的随笔，也曾叫嚣“大萝卜鳄梨式”的文章我也能写。而在 2020 年冬天之前，我从未写过。

学院的氛围似乎对学术类文章以外的写作格外不宽容。

研究者出版面向非学者群体的、清晰易懂的、与自己的研究相关的书，明明是一件好事，却也免不了被指摘“不务正业”和“太想出名”。遑论在学术领域之外描写日常生活与个人经验的随笔。

促使我开始写作的事件是巴贝先生的死。2020 年秋天，巴贝先生忽然去世，而此前不久我还和他打了电话。得知他的死，我十分震惊，却没有很悲伤。我对自己的情感产生了疑惑，难道是因为巴贝先生去世时年纪已经很大了吗？我慢慢想明白了：我没有悲伤，是因为巴贝先生度过了充实的一生，一生都在创造。我决定了，我也要创造。

2020 年，新型冠状病毒改变了世界，法国在春天和秋天分别经历了两次封禁。我从未如此认真地思考过生活中必要的东西到底是什么，作为一个人我要如何度过生命中的时间。2020 年夏天，我在公园散步，有人忽然用日语说了一句“晚上好”，我回头，发现是一个推着婴儿车的中年男人。我开始跟他说话，竟一口气聊了近两小时，公园即将关门，管理员开始吹哨，我跟他一起往外走。我才意识到原来在很难见到人的这段时间里，我有多么想说话。还是不要用巨大的倾诉欲折磨陌生人了吧，后来我开始凭着这股倾诉欲写作。

2020 年秋天，我的朋友豆辞职了，很快她就找到了新工作，负责更新一个公众号。我跟她聊起去绘本图书馆的经历，她鼓励我写篇文章，说可以发在她负责的公众号上，我便写了。这是我写随笔的开始。

2021 年年初，我开始为自己的右手食指发愁，1 月开始手指关节就开始痛，我去看了一直负责我的全科医生，她不在，她的助手跟我说或许是细菌感染，给我开了药水，让我每天都将手指浸入药水。可是，手指不见好，我又预约了医生，正是 3 月 8 日。医生让我把手给她看，我伸出右手，张开五指。医生捏捏我的食指，又捏捏我的中指，我赶紧说："不不，那个是很久以前就有的了。"中指的茧其实已经比需要备考应试的阶段的尺寸小了不少。医生说："嗯，我知道，la bosse d'écrivain（作家的茧）。"我第一次听到这个说法，原来中指的茧在法语里叫"作家的茧"。医生问我："你弹钢琴吗？"我摇摇头。她又问："那你拉小提琴吗？"我继续摇头。她继续问："你织毛衣吗？"她之前曾问我是不是费杭迪厨师学校的学生，我指甲剪得很短，不涂指甲油，确实看起来像厨师的手。日剧《东京大饭店》里铃木京香饰演的法餐女主厨也是一伸手就被认出了职业。还是不要让医生猜了，我说我是学生。她推荐了一位关节病专科医生给我。很快，我去了关节病医生的诊所。法国的医生在问诊的开头往往会询问患者的职业，关节病医生也问了。我说："我是学生。"又加了一句："在我的母语里，我是作家。"这是我第一次说出"作家"这个词。疾病的体验让我确认了自己的新身份。

拍了X光，又拍了彩超，确认了骨头没有事，医生给我开了药膏，并叮嘱我多休息，最好不要用手。可是，如何能不用手？纵使我不写作，日常生活的种种事，做饭、刷碗、打扫房间、洗澡……哪一件事可以不用手？法国作家安妮·埃尔诺（Annie Ernaux）曾在采访中说起："写作不是一项用手的工作。"她的对比基准是她的母亲、阿姨和祖母，操劳一生的女性的辛苦从手上就看得出来。与出力劳动的女性相比，写作确实算不上用手的工作。可是，在手指一敲键盘就会疼的情况下，我明白了：写作是一项离不开手的工作。我确实不弹钢琴，但是我敲键盘，巧的是法语里表示钢琴键盘和电脑键盘的都是clavier这个词。传统的作家之茧和数字时代的作家之茧，我竟然都有。

我开始尝试跷着右手食指敲键盘，可是一下子感觉自己不会打字了。上小学时，计算机作为一种新鲜事物尚未普及，我穿着鞋套去机房上微机课，当时学习的一项重要内容就是盲打。在课下还要继续练习，不是用真的键盘，而是用文具店卖的印着键盘键位的卡纸。多年形成的肌肉记忆难以改变。我又尝试用Word的语音输入功能，效果也不好，口头表达跟写作并不是同一种节奏。也试过用纸笔，可是握笔一样会压到食指。不能用键盘打字，我好像失去了讲述自己的声音。到底是我在写作，还是键盘在写作？

我讲述自己经历的声音是从哪儿来的？我最初以为这声音是由于封禁带来的，最近翻看博客时代的痕迹，才明白这声音其实是花了很长时间打磨出来的。虽然之前没有发表很多文章，但我从未停止记录自己的生活和向他人讲述自己的生活。写日常，很容易被人说是“矫情”“过于敏感”和“自我感觉良好”，可正是日常的小事组成了生活。不论做着与当下距离多么遥远的时代的研究，人依然需要生活。正如日本杂志《生活手帖》的主编花森安治所说的那样：保卫日常生活就是一种反战。比起麻木、迟钝，我宁愿“矫情”“敏感”。感受力是一种非常宝贵的东西。在这个时代，写个人经历仍有意义。近年来，法国有一些根据个人经历写作的作者，如安妮·埃尔诺、迪迪埃·埃里蓬（Didier Eribon）、罗斯-玛丽·拉格拉夫（Rose-Marie Lagrave）、爱德华·路易。他们的作品让我看到“我”是个人的，同时也是普遍的。他们的写作给了我表达自我的勇气。

在开始写随笔之前，我曾为母语懊恼。做研究的过程中，阅读时多用英文和法文，写作时多用法文。除了把法文的学术类文章翻译成中文，我的母语似乎没有其他用途。我一度觉得自己的母语无用又沉重，而写随笔让我找到了安放母语的地点。住在德国汉堡的日本女作家多和田叶子同时用日文和德文写作，她写过一本书，名为《用外语写作：走出母语的旅行》（エクソフォニー：母語の外へ出る旅）。

我很喜欢这本书，读起来很有共鸣。我虽然没有同时用两种语言写作（用法语写论文应该算不上写作），但一直都在不同的语言之间穿梭。我做翻译，翻译学术著作，也翻译儿童绘本。

开始在法国生活后，说汉语的机会大幅减少，也跟不上网络流行语更新的节奏，我的中文开始独自生长。离开了北京，似乎也没了说普通话的必要，不必费力把东北口音藏起来，不必时刻提醒自己不要用东北话里才有的词。我的母语是汉语，深究的话，我的母语是东北话。我在巴黎有了新朋友，她也是东北人，在跟她聊天的过程中，我意识到我的东北话逐渐恢复了。而生活中的大部分经历是在法语里发生的，我的中文开始被法文影响，这种影响最初是不自觉的。用一种语言写发生在另一种语言里的事情，这已经算得上一种翻译。日本俄语翻译家米原万里曾说过：“日语水平不行的人即使学会了外语，水平也只会比日语更差。”这样看来，提高母语的水平对学习外语而言不可或缺。我所掌握的母语很珍贵。

在写作的过程中，我发现我不仅有了自己的声音，有了属于自己的语感，还有了自信。如果说小熊猫是一种疗法，那么写作也是一种疗法。

感谢一直鼓励我写作、与我分享宝贵经验并为我的随笔集作序的枕书。感谢在我还不知道自己何时能出道的时候就答应了为我的随笔集画插图和封面的豆。写作看似是一种个人独立完成的工作,实际却不是这样。我能走上这条道路,多亏了朋友们的帮助。

我已经接受了我的新身份，我会继续写。

2021 年 12 月
巴黎

我虽然是一座孤岛，
却被巴黎这片巨大而温暖的海洋承托着。

午饭后烧水冲咖啡，吃过甜点后午睡。
阳光晒在脸上，不羡慕在公园里晒太阳的人，
晴天的下午在家午睡才是真奢侈。

如果把更多的温柔填充在这个世界里，
那么这个世界会不会可爱一些呢？
人们或许就不会觉得那片森林很有吸引力了吧。

E VÉTÉRINAIRE

我丝毫不好奇海明威在巴黎具体过的是什么日子，
因为我要过我自己的日子。

一个人生活就是与保质期战斗。

Poilâne

BIO MOYENS
MONT ST-PÈRE

·

村上春树有一本随笔集叫
《大萝卜和难挑的鳄梨》，
鳄梨就是牛油果，
如果村上春树来我常去的蔬果摊买东西，
他应该不会有这样的烦恼。

·

在这里不高兴被允许，不高兴也很自然。

MERCI PARIS